Christian Heinrich Spiess

Stadt und Land oder Mädchen, die das Land erzogen hat,

sind wie die Mädchen in der Stadt - Lustspiel in 3 Aufz.

Christian Heinrich Spiess

Stadt und Land oder Mädchen, die das Land erzogen hat,
sind wie die Mädchen in der Stadt - Lustspiel in 3 Aufz.

ISBN/EAN: 9783744676700

Hergestellt in Europa, USA, Kanada, Australien, Japan

Cover: Foto ©Andreas Hilbeck / pixelio.de

Weitere Bücher finden Sie auf **www.hansebooks.com**

Stadt und Land,

oder

Mädchen,

die das Land erzogen hat,

sind

wie die Mädchen in der Stadt.

Lustspiel'

in drei Aufzügen.

Personen.

Gräfinn von Albingen, eine reiche Wittwe.

Baroninn von Falben, ihre Schwägerin.

Fräulein Lotchen)
Fräulein Beata) der Baroninn Töchter.

General von Hilsenburg.

Major, Graf von Wieden.

Baron von Schildberg.

Herr von Watsdorf.

Nannette, der Gräfinn Kammerjungfer.

Michel, Bedienter der Baroninn.

Einige Bediente.

Erster Aufzug.

Zimmer der Gräfinn Albingen.

Erster Auftritt.

Gräfinn. Major.

(Die Gräfinn sitzt auf der Sopha, neben ihr auf einem Stuhle der Major.)

Major.
(schon im Gespräche begriffen.)

Allerdings eine wünschenswerthe, unverdiente Ehre, aber — —

Gräfinn. Nun? Aber? — — Ich dächte doch ein Mädchen aus einer guten, sehr alten Familie mit funfzig tausend Gulden Heurathsgut, verdiente heut zu Tage kein Aber, und wäre eine Waare, nach der jeder mit beiden Händen griffe. — — —

Major. Auch ich verwerfe sie nicht, und wäre es blos deswegen, um mit Euer Exzellenz verwandt zu seyn; um das reizende Glück zu genießen, öfters, vielleicht täglich ihrer Gesellschaft gewürdigt zu werden. Einst war ich freilich so kühn — — (seufzt.)

Gräfinn. Nun, was seufzen sie denn schon wieder? Sie sind auch der ewige Sclaven.

Major. Habs, weis Gott, Ursache! Seufzer und Thränen waren nie meine Sache, aber ich fang an, es zu lernen. Wo ich geh und stehe, drückts mich hier auf dem Herze, und ich muß wider Willen so tief und schwer Athem holen, daß mich jeder für einen seufzenden Liebhaber hält.

Gräfinn. Was fehlt ihnen denn? Haben sie irgend einen geheimen Kummer?

Major. O freilich! (seufzt) Nun da haben sies! mußte schon wieder seufzen!

Gräfinn. Entdecken sie sich mir, wenn ich ihnen helfen kann, so will ichs gerne, und mit Freuden thun.

Major. Helfen können Euer Exzellenz freilich! aber ob sie helfen wollen, das ist eine andere Frage! —— Nein, nein! Ich sehs freilich selbst ein, es geht nicht! Es geht nicht! Will lieber schweigen. — Wenn kommen denn die Fräulein Nichten? Ich bin schon sehr begierig sie zu sehen!

Gräfinn. Ich erwarte sie ieden Tag! — — Aber merken sie wohl, die älteste ist für sie bestimmt! Sie soll wirklich recht vive, recht naive seyn, und sie brauchen eine Frau, die sie aufmuntert. Die jüngste hab ich für den General Hilsenburg gewählt; der freut sich anders, wie sie! Er läuft mir täglich über den Hals, und kann ihre Ankunft kaum erwarten.

Major. Ich glaubs gerne! Ein Jüngling von zwanzig und ein Mann von sechzig Jahren, denken nur immer ans Heurathen, sehen nur auf artige Gesichter, nebenbei aufs Geld, und greifen rasch zu! Aber ein Mann von meinen Jahren, der verlangt weit mehr, der fordert wahre, ächte Liebe, fragt nach Vernunft, Wiz — —

Gräfinn. Eben deswegen habe ich die älteste für sie bestimmt! Sie besizt wirklich viele natürlichen Verstand!

Major. Darf ich mich wohl unterstehen, Euer Exzellenz zu fragen, warum sie sich so eifrig, so warm um ihre Nichten

an-

annehmen? Warum sie ihnen Männer aussuchen, und nicht lieber dies Geschäft ihrer Mutter, oder ihnen selbst überlassen?

Gräfinn. Sie haben recht, ich übernehme da eine Kommission, von der ich am Ende vielleicht noch Verdruß und Undank zu erwarten habe! Aber die Mädchen gehören nun einmal zu meiner Familie, und ich muß mich ihrer doch annehmen, wenn ich nicht aus lauter Einfalt der Mutter noch Schande und Spott von ihnen erleben will. Die Baroninn sitzt draussen auf dem Lande bei ihrem Geldkasten, sieht alle Tage ihren Kühen und Hühnern nach; aber um ihre Töchter bekümmert sie sich wenig. Sie wäre im Stande sie an den ersten, besten Landjunker, an den elendesten Krippenreiter zu verheurathen, wenn er nur kein Heurathsgut verlangte. Da muß ich nun zuvor kommen, und hoffe es so weit gebracht zu haben, daß die Mutter die Wahl mir überläßt; will sie auch bei ihrem Leben nichts hergeben, so haben die Kinder doch väterliches Vermögen genug, um eine honorable und anständige Parthie machen zu können.

Major. Ich danke vors Kompliment; denn da ich die Ehre haben soll, eine von

Euer

Euer Exzellenz Nichten zu heurathen, so
gieng das honorable und anständige wohl
auf mich! Wollte Gott, es wäre wahr,
aber — — —

Gräfinn. Nun? Etwan nicht? Kommen sie schon wieder mit ihrem Aber — —

Major. Ich kann mir nicht helfen!
Ach ich bin! — — Ich wollte — Es war
mir in meinem Leben nicht so! — —

Gräfinn. Bald sollte ich glauben, daß
ihnen mein Antrag gar nicht anständig ist!
Wenn ich das wüßte, nur muthmassen könnte, so — — —

Major. Ich bitte Euer Exzellenz, ich
bitte! Sie verkennen mich, wenn sie so etwas von mir argwohnen. Ich dächte, ich
hätte mich schon erklärt! Ich schätze diese
Ehre gewiß!

Gräfinn! Auch hoffe ichs, denn ich
bin nicht gesonnen, Männer für meine
Nichten zu erbetteln. Sie selbst berechtig-
ten mich zu diesem Antrag, da sie seit ei-
nigen Monaten von nichts als Heurathen
sprachen, und mich sogar selbst baten, ihnen
eine Braut auszusuchen.

Major. Ja, ja, ich thats! Aber aus
welcher Absicht? dies weis ich am besten! —
(so-

(gezwungen) Wenn nur die Fräulein Nichten schon da wären! (sieht auf die Uhr) Schon zehn Uhr! Ich muß zum Obristen! Euer Excellenz verzeihen! (steht auf, und küßt ihr die Hand.)

Gräfinn. Nun! (zieht die Hand zurück) das heiß ich Enthusiast seyn! Haben Sie mir nicht bald die Hand zerquetscht! Sie dachten gewis an meine Nichte?

Major. Kann möglich seyn! Ja, ja, — Ich dachte, — Ich, ich we's selbst nicht! — — Verzeihen sie! Ich muß fort!

Gräfinn. Sie sind ja ganz verwirrt! — Herr Major, nur noch einen Augenblick! (ihn bei der Hand fassend) Erfahr ich die Ursache ihres Kummers nicht? Soll ich nicht ihre Vertraute werden?

Major. (mit Rührung) Wie gerne wollte ich mich Euer Excellenz entdecken! Wie gerne — — Aber, wie gesagt, ich kann, ich darf nicht! — — Vielleicht wird mein Kummer bald verschwinden, und sollte er auch mein beständiger Begleiter seyn, so will ich doch einsam dulden und leiden.

Gräfinn. Wie, wenn ich ihn nun erriethe? schon errathen hätte?

Ma=

Major. Unmöglich! Ich trage ihn im Innersten meines Herzens verborgen!

Gräfinn. (lächelnd) Oft, sehr oft ist er dem armen Herzen doch schon entwischt; man sieht ihn auf ihrem Gesichte, fühlt ihn in ihrer Hand!

Major. Alles möglich! Aber Euer Exzellenz errathen ihn doch nicht!

Gräfinn. Was wetten wir, Herr Major? Ich weis alles!

Major. Ich setze mein Herz zum Pfande!

Gräfinn. Könnens leicht setzen, da sie es nicht mehr haben!

Major. Ich? Ich hätte mein Herz nicht mehr?

Gräfinn. Nein! denn sie sind verliebt!

Major. Verliebt? Ich verliebt? (verwirrt) In wen könnte, in wen sollte ichs wohl seyn? Wer hat Euer Exzellenz so etwas gesagt?

Gräfinn. (hält ihren kleinen Finger in die Höhe) Der da!

Major. Aber in wen, Euer Exzellenz, in wen?

Grä=

Gräfinn. Möchten sie das auch noch gerne wissen? Obs gleich große Eitelkeit verräth, so will ichs ihnen doch sagen: Sie sind in mich verliebt!

Major. (erschrocken) In — in Euer Excellenz! Ich? Ich? — (zu ihren Füssen) Sie habens errathen! (bedeckt ihre Hand mit Küssen)

Gräfinn. (zieht ihre Hand zurück) Herr Major, mäßigen sie sich!

Major. Göttliche Frau, was habe ich zu hoffen?

Gräfinn. Ich wußte ihr Geheimnis, und habe ihnen doch meine Nichte angetragen! Urtheilen sie nun selbst!

Major. Ich danke! danke tausendmal! (steht auf) So bin ich doch der marternden Ungewisheit los! Bald hoffen, bald verzweifeln, ist das traurigste Loos des Menschen. Lieber ganz elend! ganz unglücklich! — — Verzeihen Euer Excellenz, daß ich mich auf einige Augenblicke so vergessen konnte! Ich weis, ich fühls, mein Stand, mein mittelmäßiges Vermögen, vielleicht meine eigne Person — — alles verhindert mich, an das größte Glück, an die innigste Wonne meines Lebens zu denken!

Grä=

Gräfinn. Alles das bei Seite, lieber Major! Ich bin Wittwe, und Wittwen sind vorsichtig, sind durch Schaden klug geworden. Wer einmal die Fesseln des Ehestandes gefühlt hat, tappt nicht so leicht wieder drein! Man lernt euch Männer nur im Ehestande kennen, auſſer demselben seid ihr die ewige Unterwürfigkeit; aber hat man euch einmal, so muß man sein ganzes Bißchen Vernunft zusammnehmen, um nur nicht wider den lieben Wohlstand zu sündigen! Nein, lieber Major, die liebe, edle Freiheit schmeckt zu süß, laſſen sie mich solche immer ungestört genießen! Und aufrichtig, wenn sie mich ganz kennten, so würden sie eine Verbindung mit mir nicht einmal wünschen. Ich habe der üblen Launen gar viele, bin oft im schlimmsten Humor; zanke herzlich gerne, und kann nicht das geringste vertragen!

Major. Beſäſſen sie auch alle diese Fehler! Was sind sie gegen den vortreflichen Verstand, gegen den unnachahmlichen Witz, gegen die alles belebende Grazie, die aus ieder ihrer Handlungen hervorleuchtet; deren stiller Bewunderer ich nun seit Monaten bin, und ewig seyn werde. —— Mein
Schick-

Schicksal liegt in ihren Händen! Machen
sie mit mir, was sie wollen, ich werde ge-
horchen! Befehlen sie, wünschen sie nur,
und ich heurathe ihre Nichte, wenn sie mir
auch ganz und gar nicht gefällt —— Kurz
ich bin eine Maschine, die ganz von ihrem
Winke abhängt! —— Ich glaube, ich rede
dummes Zeug; aber ich will ausdrücken,
was ich fühle; will erzählen, was ich empfinde, und kann meine Ideen nicht ordnen; ich
muß ins Freie, muß Luft schöpfen ——
Euer Exzellenz! (verneigt sich, will ab.)

Gräfinn. Herr Major, (ihm ihre Hand
reichend) so nehmen sie wenigstens die Ver-
sicherung mit, daß ich sie ehre, schätze, daß
ich ihre Freundin, und eben deswegen ihre
Verwandtin zu seyn wünsche! Wäre mein
Entschluß nicht unerschütterlich, — ein Mann,
wie sie, könnte ihn wankend machen.

Major. Ich! ich! — Da sollte ich
ihnen nun von ganzer Seele danken, aber
ich kann, ich vermags nicht! — (drückt ihre
Hand an sein Auge) Vermags diese Thräne
nicht, so bin ichs nie im Stande!

(eilt ab.)

Zwei-

Zweiter Auftritt.

Gräfinn allein.

(Ihre Hand betrachtend.)

Sie kam warm vom Herzen! Wie sie
brennt! (auf und abgehend) Der gute Mann
dauert mich! —— Juile! ich glaube, es
brauchte nicht viel, und dein fester Entschluß
würde —— was mir da einfällt! Wie ich
nur so etwas denken konnte! Frau Majorin,
und izt Exzellenz? der Abstand wäre zu auf-
fallend! —— Ja, wenn sein Bruder ——
(verdrüßlich) Hm! Was plaudere ich nur!

Dritter Auftritt.

Gräfinn. Ein Bedienter.

Gräfinn. Was giebts?

Bedienter. Die Brieftasche! Euer
Exzellenz!

Gräfinn. Nur dorthin!

Bedienter. (Legt sie auf den Tisch neben
der Sopha und geht ab.)

Gräfinn. (schließt sie auf, schüttet einige
Briefe heraus und sieht sie durch) Ah , von
meiner Schwägerinn? bin begierig! (bricht
den Brief auf, liest anfangs für sich, dann laut)
„Mittewochs reisen wir, wenn es Gottes
Wille

„Wille ist, sicher ab,, heute haben wir Sonn=
abend, da sollte sie ja längst da seyn! (liest
weiter) „Du wirst, Ma Sœur, gewiß mit
„mir zufrieden seyn, ich habe meine Töch=
„ter so ausstaffirt, daß sie bei ieder Fürstinn
„eintreten können! Es hat mich aber auch
„schönes Geld gekostet! Ich habe auch eine
„Kammerjungfer aufgenommen, die nach
„der neuesten Mode frißiren kann, alles dir
„zu liebe! denn ich hasse allen Staat!,, —
Ich wünsche, daß es wahr seyn mag; aber die
alte Geizige wird noch vieles vergessen haben!
(Man hört hinter der Szene stark schreien: Hoth!
Wiehi! Haho! Wiestchi!) Was ist das?
(zieht an der Schnur) Das ist ia ein abscheulicher
Lärm! Es wird immer ärger.

Vierter Auftritt.

Gräfinn. Nannette.

Gräfinn. (unwillig) Es soll doch ein
Bedienter nachsehen, was das für ein Lärm
im Hofe ist! — Und geh sie nur gleich zum
Portier, und wasch sie ihn tüchtig, damit
er ein andermal besser Achtung giebt! Mein
Haus ist ja kein Maierhof!

Nannette. Sehr wohl! (eilt ab.)

Gräs

Gräfinn. (fängt wieder an zu lesen, der Lärm und das Geschrei erneuert sich stärker) Je, das ist ja nicht auszustehen! (zieht an der Schnur, ein Bedienter kömmt.)

Gräfinn. So seht doch nach, was das unten für ein abscheulicher Lärm ist, die Ohren thun mir schon weh!

Bedienter. Euer Exzellenz, es ist, glaub ich, ein Wagen!

Gräfinn. Esel, das hör ich! Aber was es für ein Wagen ist, und wo der abscheuliche Lärm herkommt, das will ich wissen.

Bedienter. Es ist eine Kutsche!

Gräfinn. Aergert mich nur nicht! Wie kann denn ein Kutscher einen solchen Lärmen machen! Geht, und seht nach!

Bedienter. (ab.)

Fünfter Auftritt.

Gräfinn. Nannette.

Gräfinn. Nun, was gabs denn? Was ists denn?

Nannette. Die gnädige Frau Baroninn Falben, nebst ihren Fräulein Töchtern sind angekommen.

Grä-

Gräfinn. Ich glaube ihr wollt mich heute alle närrisch machen. Ihr Bagage-wagen vielleicht? — —

Nannette. Nein! Nein! Sie selbst! Ich habe sie aussteigen sehen!

Gräfinn. Wo kam denn aber der Lärm her?

Nannette. Je nun! Euer Exzellenz, der Wagen ist unter dem Thore stecken ge-blieben!

Gräfinn. Was das dumm und äl-bern ist, ich dächte das Thor wäre groß genug; wie kann denn eine Kutsche darinne stecken bleiben?

Nannette. (lachend) Es ist entsetzlich aufgepackt! Ich glaube fünf Koffer, vier Bettsacke, und obendrauf wenigstens ein dutzend Kälber!

Gräfinn. Kälber? Was sagst du? Kälber? Mich trift der Schlag! der Por-tier soll nur das Thor geschwind zumachen!

Nannette. Er kann nicht! der Wagen steckt ja drinne! Itzt ist ein Bedienter in einer kuriösen Liverei herabgestiegen, und muß die Kälber abbinden; die gnädige Frau Baroninn steht dabei, lamentirt über das liebe Vieh, und will nicht eher heraussteigen, bis alles herunter genommen ist!

Gräfinn. Geh sie den Augenblick hinunter! sag sie ihr, sie soll gleich heraufgehen, sie soll mir doch keine so unausstehliche Schande machen.

Nannette. Sie kommen, glaub ich, schon!

(Ein Bedienter öffnet die Thüre.)

Sechster Auftritt.

Gräfinn. Nannette. Baroninn Salben (trägt einen blauen Kaputrock mit gelben Knöpfen, und breiten goldnen Borten besetzt. Fräulein Lottchen trägt eine grüne, roth aufgeschlagene Krsak mit silbernen Borten besetzt. Fräulein Beata einen Kaput von gemaltem Pequin mit großen Blumen. Beide Fräulein sind breit und hoch frisirt, mit vielen Federn aufgesetzt, haben Bouffanten, Fächer in der Hand, und im Gesichte viel Schminkpflästerchen.

Baroninn. Hier bin ich! Tausendmal gegrüßt, ma chere Sœur! (küßt die Gräfinn) Hier führ ich dir meine Töchter auf! Nun, macht euer Kompliment!

Fräul. Lottchen. (mit natürlichem Anstande, küßt der Gräfinn die Hand) Ich schäzze mich äusserst glücklich, daß ich die Gnade ha-

habe, Euer Gnaden meine Aufwartung machen zu können.

Fräul. Beata. (sehr schüchtern und beinahe albern, küßt ebenfalls der Gräfinn die Hand, macht einen tiefen Knix) Euer Gnaden, unterthänigste Dienerin!

Baroninn. Nun! Wie gefallen wir dir? Nicht wahr, in solchem Staate hättest du uns nicht vermuthet? Aber mein Beutel hats auch empfunden! Ich hätte schon gestern eintreffen können, aber ich bin mit allem Fleiße eine Stunde von hier eingekehrt; da haben wir uns die ganze Nacht frißirt, angezogen und parfumirt, um nur mit Anstand erscheinen zu können, und dir keine Schande zu machen! Du bist doch mit der Attention zufrieden?

Gräfinn. (die bisher nur ihr Erstaunen durch Mienen ausdrückte, hebt faltend die Hände in die Höhe) Großer Gott, ich danke dir, daß nur keine Gesellschaft hier ist! Wäret ihr eine Viertelstunde eher gekommen, ich wäre auf der Stelle des Todes gewesen. Ich kann mich von meinem Erstaunen noch nicht erholen! Ich erschrecke ordentlich, wenn ich euch ansehe. Setz dich nur, Schwägerinn, setzt euch, Nichten!

Ba-

Baroninn. (ſetzt ſich neben die Gräfinn
auf die Sopha, Fräulein Lotchen auf einen Stuhl
daneben; Fräul. Brata bleibt albern ſtehen.)

Gräfinn. Vor allen, Nannette, der
Portier ſolls Thor zumachen! Ich bin vor
keinem Menſchen zu Hauſe! hört ſie! vor
keinem Menſchen! Komm ſie gleich wieder!»

Nannette. (ab.)

Gräfinn. (betrachtet alle genau, lacht
bitter) Ich möchte vor Aergernis vergehen,
und muß doch lachen!

Baroninn. Sag mir nur, ma Sœur,
was dich ärgert? Iſt etwan — aber das
ſollte ich doch nicht glauben — iſt etwas
an unſerm Anzuge nicht recht? Man kanns
ja ändern laſſen!

Gräfinn. Etwas? Etwas? Laß dich
nur näher betrachten; komm her, Lotchen!

Lotchen. (ſteht auf und geht zu ihr.)

Baroninn. Alles neu! Alles! Zeug
und Taffet! Dreh dich um, Lotchen, dreh
dich um! damit die Tante alles ſehen kann!

Gräfinn. Aber die ganze Kaſake! und
die Borden! die Borden!

Baroninn. Nun, die ſind freilich
nicht ganz neu! Sie ſind von einem Kleide

Stadt u. Land.   B   mei=

meines hochseligen Barons! Er hats nicht dreimal auf dem Leibe gehabt!

Gräfinn. Und die Frisur! Die Federn zu so einem Anzuge! (zu Fräul. Beaten) So setz dich doch, wer wird denn stehen bleiben!

Fräul. Beata. (setzt sich nur auf die Ecke des Stuhls.)

Gräfinn. (immer Lotchen betrachtend) Ich laß mirs nicht nehmen, die Federn hast du von einem alten Schlittengeschirre herunter geschnitten.

Baroninn. Ach, warum nicht gar! (für sich) Wer ihr nur das wieder verrathen hat.

Gräfinn. Dein ganzes Gesicht ist so verstellt, verzerrt, ich kenne euch gar nicht mehr. Sag mir nur, Lotchen, was du für Flecke im Gesichte hast.

Fräul. Lotchen. Euer Gnaden, das sind Schminkpflästerchen!

Baroninn. Ja gelt, das gefällt dir doch? Ich habe eine ganze Schachtel voll von einem herumreisenden Tiroler gekauft! Sie waren recht theuer, aber weils nun einmal Mode ist!

Gräfinn. Vor weiland zwanzig Jahren wohl! (auf Fräul. Beaten zeigend) Und wie die dort außsieht, wie eine lebendige Tapete!

Baroninn. Nein, da verzeih mir, ma Sœur, da muß ich dir ins Wort fallen; an dem Anzuge wirst du sicher nichts auszustellen haben; der kostet viel, viel Geld! Und mich noch weit mehr Uiberwindung! Stell dir nur vor, mein ganzes Brautkleid hab ich dem Mädchen zu gefallen, zerschnitten! Die Elle kostet baare vier Dukaten.

Gräfinn. Was ists denn eigentlich?

Baroninn. Der feinste, gemalte Pequin!

Gräfinn. (lachend) Da bedaure ich dich herzlich! Hättest es besser zu einer Sopha verwenden können!

Baroninn. Nun ja, das wäre!

Gräfinn. (zu Fräul. Beaten) So setz dich doch ordentlich! du sitzst ja da, wie eine Bauernbraut! Komm her!

Fräul. Beate. (rutscht auf dem Stuhle hin und her.)

Baroninn. Nun so geh doch! Wenns die Tante befiehlt, so mußt du hübsch folgen!

Fräul. Beate. (geht langsam hin.)

Gräfinn. Laß dich doch ansehen! Nun, die Schminkpflästerchen weg, und's Gesichtchen passirte! Wenn wir nur hier auch etwas hätten! (auf den Kopf deutend) Bist du denn immer noch so einfältig?

Fräul.

Fräul. Beate. (zitternd) Ja, Euer
Gnaden, ja!

Gräfinn. Nun, wenn dus nur selbst
gestehst, so ists schon recht! Setz dich
wieder! (Fräul. Beate geht langsam zu ihrem
Stuhle) Wie das Mädchen aussieht! So
geh doch gerade! Setz die Füsse nicht wie
eine Gans! das Mädchen sollte man noch
ein paar Jahre ins Kloster geben! — —
Es ist nur gut, daß sie einer nimmt, der
blos aufs Gesichte sieht! (riecht herum) Aber
sagt mir nur! — — Ihr riecht alle so wun-
derlich! so, so! — —

Baroninn. (lachend) Wir sind parfumirt, merkst dus denn nicht?

Gräfinn. Ich riechs wohl! Aber, sagt
nur, mit was denn?

Fräul. Lotchen. Euer Gnaden, mit
Roßmarinöl!

Gräfinn. Pfui! pfui! Wie kann einem nur so etwas einfallen?

Fräul. Lotchen. Ich habs Euer Gnaden Mama gleich gesagt, es wird zu stark
riechen.

Baroninn. Je, was verstehst denn
du? (zur Gräfinn) Riechts denn nicht gut?
Ich dächte doch! Und gesund ists für Kopf
und Magen! Ich fabrizire es selbst!

Gräfinn. Mein ganzer Kopf thut mir von dem fatalen Geruch weh! Das laßt beiseite, das bitte ich euch! Roßmarinöl! Es giebt ja tausend angenehmere Odeurs — — Aber sagt mir nur zu meinem Troste: Es ist euch doch keiner von unsern Bekanten begegnet, wie ihr durch die Stadt fuhrt?

Baroninn. Niemand! Ich wenigstens habe keinen gekannt.

Gräfinn. Ihr habt euch doch wohl auch nicht viel sehen lassen? Nicht etwan zum Wagen herausgegafft?

Fräul. Lottchen. Je, wir hatten den Wagen zurückgelegt, uns konnten alle Vorübergehende sehen.

Fräul. Beate. Und weißt du das, Lottchen, der hübsche Bediente, der — der.— (schweigt erschrocken stille.)

Gräfinn. Nun, was gabs denn mit dem Bedienten?

Fräul. Beate. Der — der — der —

Fräul. Lottchen. So sags nur heraus! Er blieb stehen, sah uns an, und lachte.

Gräfinn. Sogar der Spott der Bedienten seid ihr geworden! (zu Beaten) Aber, daß du die Bedienten angaffst, das steht gar

nicht

nicht schön! Was geht einer Fräulein ein hübscher Bedienter an! Für so etwas müßt ihr gar keine Augen haben! — — Nun ja! da sitzt sie wieder, und wird roth wie eine Dorfnimphe!

Baroninn. Mein Gott! aus wahrer Unschuld!

Gräfinn. Die sie lieber durch ihre Handlung und nicht durchs Rothwerden beweisen sollte! (zieht an der Schnure.)

Nannette. (tritt ein.)

Gräfinn. Führe sie die Fräuleins aufs Zimmer! Schick sie gleich nach dem Jean! Lieschen wird eine, er die andere frisiren! Ich werds hernach schon selbst kommen, und die Kleider ordnen! Es ist nur gut, daß ich schon im voraus dafür sorgte! Ich stellte mir vor, du würdest mir sie in Leinwand oder Kotton aufführen, und ließ schon Kleider machen.

Baroninn. So bedankt euch doch! Küßt doch die Hände!

Gräfinn. Schon recht! geht nur! Haltet euch hübsch gerade, gebt euch ein air noble! denkt, daß ihr in der Stadt seid!

(Beide Fräulein mit Nannetten ab.)

Sie

Siebenter Auftritt.

Gräfinn. Baroninn.

Gräfinn. Lotchen wird sich bald drein schicken; aber Beate! Verzeih mir, Schwägerinn, an deren Erziehung hast du ein schlechtes Meisterstück bewiesen!

Baroninn. Sie ist nur schüchtern, nur blöde, sonst gewiß ein gutes Kind, und was sie nun vorzüglich bei mir empfiehlt, äußerst wirthschaftlich. Die andere ist freilich mehr nach der Mode, weiß sich Anstand zu geben, und einen Diskurs zu führen, aber das Geld weiß sie gar nicht zu schätzen! Alle Augenblicke kauft sie sich ein Band, eine Blume! Ich werde froh seyn, wenn ich sie los bin. — — Doch, was ich sagen wollte, ma Sœur, ich brauch mich wohl nicht umzukleiden?

Gräfinn. So wirst du doch wohl bei Tische nicht erscheinen wollen? Zieh ein ordentliches Kleid an, den Kopfputz werde ich schon besorgen. Jzt siehst du ja akkurat aus, als wie eine Schabrake vom Flemmingischen Küraßierregimente!

Baroninn. Du mein Gott, dachte ich Wunder, was ich iu dem Kapute für Staat ma=

machen würde!' Es reuet mich nur das
Geld, das ich dafür ausgegeben habe! — —
So will ich lieber gehen, um zu rechter Zeit
fertig zu seyn.

Gräfinn. Bleib nur! Ich muß ja vor=
her mit dir reden! Du weist, daß ich dich
und deine Töchter habe herein kommen lassen,
um sie anständig und honorable zu versor=
gen! Ich habe also schon zwei ansehnliche
und recht gute Parthien für sie ausgesucht.

Baroninn. Hast du schon? Nun! Nun!
Also hast du schon? Je nun, mir ist es auch
recht! Ich will dirs aber doch gestehen! die
Mädchen haben schon beide ihre Liebhaber,
sind beide schon verliebt!

Gräfinn. Was? schon verliebt? Und
da sagt und schreibt man mir kein Wort
davon? Läßt mich hier Anstalt treffen? Ich
hoffe doch, Schwägerinn, daß du mich nicht
prostituiren wirst.

Baroninn. Je bewahre! Bewahre!
Nein! Nein! sorge dich nicht, ma Sœur,
die Mädchen müssen thun, was du haben
willst! Sie müssen dir auf den Wink ge=
horchen! Ich habs ihnen auch schon gesagt,
und sie sinds zufrieden. Ich entdeckte
dirs nur deswegen, damit — — wenn dir
et=

etwan einer anständig wäre! Nun dann wärs etwas anders!

Gräfinn. Wie heißen sie denn, die Herren? Wird etwas schönes seyn! kann mirs schon im Geiste vorstellen!

Baroninn. Ah, es sind beide von guter Familie! Lotchen ihrer heißt Baron Schildberg, und Beatens Ritter Watsdorf!

Gräfinn. Schildberg! Watsdorf, die Familien kenn ich! Was bekleiden sie denn für Karaktere?

Baroninn. Eigentlich keine! Sie leben beide für sich! Schildberg ist nicht lange von Reisen zurückgekommen, und wird einmal ein schönes Vermögen von seinem Vater erben.

Gräfinn. Und der andere?

Baroninn. Der besitzt zwei prächtige Güter in unsrer Nachbarschaft! Es ist noch ein iunger Mann; aber ein Wirth ohne gleichen! Er hat einen Stall voll superber Kühe! Das Herz lacht einem, wenn man sie nur ansieht! Er hat mir heuer ein paar abgesetzte Kälber versprochen, ich freue mich recht darauf! Er denkt viel solider als der Schildberg, und weis das Geld zu schätzen; aber iener macht alle Moden mit. Ich denk:
im=

immer, wenn der Vater die Augen zuthut,
wirds Geld bald vertändelt seyn. Die Mädchen, denk nur! haben mir von ihren Lie-
besavanturen kein Wort gesagt; aber wie
ich denn alles gleich spüre, so kam ich auch
da hinter ihre Schliche. Nun bekanten sie
alles! Die Liebhaber kamen zu mir, baten,
flehten! Aber ich, ich sagte es ihnen gerade
heraus, daß meine Töchter in dem Punkte
ganz von dir abhiengen; daß ich ohne deine
Einwilligung nichts thun würde, und mich
eben anschickte, in die Stadt zu gehen.

Gräfinn. Da hast du sehr vernünftig
gehandelt! Ich wünschte doch beide zu sehen!
Je mehr, je besser! Man kann alsdenn
wählen. Aber solche Parthien werdens doch
nicht seyn, wie ich für sie ausgesucht habe.
Lotchen bekömmt den Major Grafen von
Wieden! Ein allerliebster Mann! Sein
Bruder ist im Reiche der regierende Graf
von der Wieden, er hat keine Kinder, und
es kann dem Major glücken, einst Majorats-
herr zu werden. Izt hat er freilich erst
dreitausend Gulden Appanage! Nur Schade,
daß er ganz Soldat ist! Für die Beate habe ich gar den General Hllsenburg bestimmt.
Ist zwar schon ein Sechziger, aber ein Mann

von

von dreißig bis vierzig tausend Gulden jähr-
lichen Einkünften! Eine Parthie, die sich gewis nicht alle Tage findet.

Baroninn. Ei ia; da müssen freilich die
andern Herren nachsehen, denn bei iziger Zeit
muß man blos aufs Geld sehen. Das ist
meine tägliche Predigt. Mädchen, sag ich
immer, nur Geld macht glücklich! Kommt
ein schöner, iunger, vernünftiger Mann,
und hat kein Geld, so weist ihn im voraus
ab, es ist keine Parthie für euch! kommt
ein alter, dummer, garstiger Mann, hat er
keine Nase, aber recht viel Geld, nehmt
ihn! Sezt ein Häufchen Dukaten an die
leere Stelle der Nase, und es giebt die schönste Nase von der Welt!

Gräfinn. (lachend) Damit möchte nun
wohl kein Mädchen zufrieden seyn! Und vorzüglich muß man doch auch auf Stand und
Familie sehen!

Baroninn. Auch! auch! Aber Geld,
ma Sœur, Geld ist die Hauptsache! das
deckt alle Mängel zu, und giebt dem schlech-
testen Kerl das größte Ansehen. Doch du
äusertest vorhin das Verlangen, die beiden
Liebhaber zu sehen. Ich will dirs nur gestehen, sie kommen beide zur Stadt, und

wenn

wenn dus erlaubst, so will ich sie bei dir aufführen!

Gräfinn. Das kannst du thun!

Achter Auftritt.

Vorige. Michel.

Michel. (noch hinter der Thüre) Je was versteht denn er? Ich muß ja mit meiner gnädigen Frau reden! (tritt ein, seine Liverei ist roth, mit langer gelber Weste und Aufschlägen, alle Nähte sind mit wollenen Borden besetzt, die Liverei ist ihm durchaus, und vorzüglich in Ermeln zu kurz;)

Gräfinn. Was will er? Was untersteht er sich hier einzutreten?

Baroninn. Es ist mein Bedienter, du mußt ihm schon verzeihen, er versteht es nicht besser! Es ist ein ehrlicher, braver Kerl! Was willst du denn, Michel?

Michel. Euer hochfreiherrlichen Gnaden die Koffer und die Bettsäcke haben wir alle ins Zimmer hinauf getragen; aber mit den Kälvern, da stinkts!

Baroninn. (fährt erschrocken auf) Was? mein Kälber sind stinkend geworden? Ach ich arme Frau! das ist ja gar nicht möglich!

Mi

Michel. Je, nein, nein! Verstehen mich. Euer hochfreiherrlichen Gnaden nur recht! Ich meine, es stinkt deswegen, weil ich keinen Ort habe, wo ich sie hinlegen kann! Ich wollte sie schon in die Zimmer tragen, aber da begegnete mir ein dicker Herr, der hat mich ausgemacht, wie einen Buben! Ich habe sie wieder hinunter tragen müssen! Itzt liegen sie im Hofe, und ein paar groß-mächtige Hunde gehen drum herum! Sie haben gewaltigen Appetit drauf!

Baroninn. Ma cher Sœur, du wirst schon ██ Gnade haben zu erlauben, daß ██ ████ Hof ████ die Kälber im Gewölbe aufb███ ████ ██ ██

██ Gräfinn. Aber sag mir nur ums Him-mels willen, wie du dich mit so etwas be-fassen kannst! Es leidet ja der ganze Wohl-stand darunter! Wie hat's dir nur einfallen können, Kälber mit herein zu führen?

Baroninn. Ja, siehst du, eine Land-wirthin muß auf alles spekuliren; muß überall Profit zu machen suchen! Da hat mir neulich unser Wirth erzählt, daß hier in der Stadt ein Kalb um einen Dukaten verkauft wird; gleich habe ich alle Kälber, die ich hatte, abstechen, und aufpacken lassen!

Die

Die Reise kostet mich ohnehin viel. So kann
ich doch etwas wieder profitiren. Dein
Haushofmeister wird sie mir schon verkaufen!

Gräfinn. Das ist abscheulich! das ist
nicht zu verzeihen! glaubst du denn, daß
mein Haushofmeister mit Kälber handeln
wird, oder daß mein Haus eine Fletschbank
ist? Ich will sie dir alle abkaufen; nur daß
ich keine weitere Schande erlebe!

Baroninn. (zieht eine Schreibtafel heraus).
Also zehn Kälber a zehn Dukaten, macht fünf
und vierzig Gulden! Mit dem Geld ist schon
Zeit; ich will dich schon daran er

Michel. Die sind gut verga die
zwei kleinen gar! Draußen hätten wir nicht
einen Gulden davor bekommen!

Baroninn. (die ihm immer winkt) Rede
du nur nicht drein! Geh und übergieb lieber die Kälber!

Gräfinn. (die unterdessen Micheln betrachtet hat) Was hat denn der Kerl für eine
abscheuliche Jake an? So kann er doch nicht
herum gehen! Kommt her!

Michel. (geht hin, dreht sich um und um)
Ach die Liverei ist wohl schön! Nur ein bischen
zu eng und zu kurz! Rühren kann man sich
                                        nicht

nicht drinne! Aber das thut nichts! Die gnädige Frau sagte, in der Stadt trüge man ohnehin alles knapp!

Gräfinn. Pfui! pfui! Der Kerl stinkt unleidentlich nach dem Stalle; das ist nicht auszuhalten! Ein impertinenter Gestank! Geht! geht fort! (zieht an der Schnure.)

Michel. (retirirt sich erschrocken) Je nun, mit was man umgeht, darnach riecht man auch!

Nannette. (kommt.)

Gräfinn. Rauch! Zünde sie das Casolett auch an! Geschwind!

Nannette. (eilig ab.)

Gräfinn. Ist denn der Kerl ein Reitknecht?

Baroninn. Wie du willst, alles in allen! Wies auf dem Lande gebräuchlich ist!

Michel. Seh Sie, gnädige Gräfinn; Ich bin eigentlich ein Maierknecht! Ich zieh nur die Liverei an, wenn iemand kommt, oder wenn wir ausfahren!

Gräfinn. Des Kerls sein Gesicht ist nicht übel! Er hat eine passable Phisiognomie! Aber die Jake muß er ausziehen.

Nannette. (kommt mit Rauchwerk.)

Gräfinn. Räuchere sie mir dort den Kerl ein; aber recht stark, damit ich ihn in der Nähe betrachten kann!

Nannette. (räuchert ihn ein.)

Michel. (fängt an zu husten) Ah! ah! Ich ersticke! (riecht seinen Ermel an) Pfui Geier! das soll gut riechen, und stinkt wie Hexenrauch!

Gräfinn. Kommt izt her!

Michel. (geht zu ihr.)

Gräfinn. (ihn betrachtend) Wie gesagt, nicht übel! Was macht man denn aus ihm, damit er nur christlich aussieht? Er hat abgeschnittene Haare, frisiren kann man ihn nicht, und so kann er doch nicht herum gehen! Weis sie was, Nannette, führ sie ihn zum Stallmeister, er soll gleich einen Engländer aus ihm machen.

Michel. (erschrocken) Was? zum Stallmeister? Einen Engländer soll er aus mir machen? Nun und nimmermehr! Ich weis noch allzugut, wie neulich unser armer Hans sich dabei gebärdete.

Baroninn. Ei, Narr, ein Mensch und ein Pferd! Du bekömmst ein kurzes, englisches Kleid! Es wird dir recht schön stehen!

Michel. Ei ja! So laß ich mirs gefallen —

Baroninn. Geh nur, geh!

Mi=

Michel. (geht, kehrt wieder um) Indeß wäre mirs immer lieber, wenn sie mich nach Hause schickten — —

Baroninn. Geh, sag ich — —

Michel. Ja, geh! Es ist schon recht, aber — — (geht brummend mit Nannette ab.)

Neunter Auftritt.

Gräfinn. Baroninn. Ein Bedienter.

Bedienter. Euer Exzellenz, der General Hilsenburg hält vorm Hause. Er läßt sagen! Er müßte mit Euer Exzellenz sprechen!

Gräfinn. Er soll nur kommen!

Bedienter. (ab.)

Gräfinn. (zur Baroninn) Izt geh geschwind hier durch; zieh dich unterdessen gut an! Ich werde schon zu euch kommen; aber geht mir nicht aus dem Zimmer, bis ich komme!

Baroninn. Sorg dich nicht! (in die Seitenthüre ab.)

Zehnter Auftritt.

Gräfinn. General Hilsenburg.

Gräfinn. Willkommen, Herr General, willkommen! Was bringen denn sie so eilig?

Stadt u. Land.　　C　　Ge-

General. Mich selbst, Euer Exzellenz, mich selbst! Ich will nur hören: obs wahr ist? Mein Bedienter hat mir erzählt: Ihre Fräulein Nichten wären angekommen; darf ichs glauben?

Gräfinn. Ja! Sie sind angekommen!

General. Sind? Wirklich? Nun, das ist brav! Wo sind sie denn? Kann ich sie nicht zu sehen bekommen?

Gräfinn. Nachmittags werden sie sichtbar seyn!

General. Also dann! Nun das freut mich, das freut mich! Aufrichtig, Euer Exzellenz, lange hätt' es nicht mehr dauern dürfen, sonst hätte ich, die erste beste geheurathet! War sechzig Jahr, und drüber, ein alter Hagestolz, aber izt packt mich die Liebe mit Gewalt an! Wenn ich mich niederlege und wenn ich aufstehe, so ist mein erster und lezter Gedanke, eine Frau! Und da stell ich mir immer ein so allerliebstes, junges, rundes Mädchen vor, nehme sie schon in Gedanken in meine Arme, drücke sie an mein Herz, und fühle mich jung, wie ein Jüngling! Ich kenne auf der Welt nichts elenders, nichts miserableres als einen alten Junggesellen.

Grä-

Gräfinn. (lachend) Warum sind sie
so lange geblieben?

General. Weis der Teufel, wies gekommen ist! Noch als Knabe ward ich
Soldat! Da fuhr mir der Heldenmuth, der
Diensteifer in den Kopf! Da dachte ich, der
Degen müßte mein Weib seyn. Ich konnte
keinen verheuratheten Soldaten ausstehen;
das dauerte so bis in die funfzig, da fieng
mirs denn manchmal gewaltig ums Herz zu
krabbeln an, wenn so ein hübsches Mädchen
vor mir vorüber gieng. Immer wollte ich
zugreifen, aber immer dachte ich, du bist
schon zu alt, und ließ das Mädchen gehen.
Izt aber, da ich das Glück habe, mit
Euer Exzellenz bekannt zu seyn, da sie mich
durch Erfahrung überzeugt haben, daß ein
Mann, der Geld hat, keinem Mädchen zu
alt ist, seitdem bin ich lauter Feuer; ich
möchte tanzen und springen, und bei iedem
Tritte Juchhe schreien!

Gräfinn. So wollen sie durchaus eine
Frau haben?

General. Ja, ohne Frau bleib ich keinen Monat länger auf der Welt! Im Alter fühlt mans erst, welch ein Schatz eine
Frau ist! Ich bin dann und wann krank;
C 2   habs

habs Reiſſen in Füſſen! Da bin ich̶
drüßlich, mürriſch! Möchte bald das,
ienes haben, und bin zu mürriſch, ui̶
ſagen; aber da fragt mich niemand, ich̶
Geſichter ſchneiden, wie ich will! hätt̶
nun eine Frau, die würde bei meinem B̶
ſitzen, würde mich unterhalten, würd̶
meine Mienen belauſchen — —

Gräfinn. Zu viel, wahrlich, ̶̶̶̶
begehrt!

General. Ja! das verlange ich̶ des=
wegen heurathe ich! Aber dafür ſoll meine
Frau auch den Schlüſſel zur Schatoulle ha=
ben; kann herausnehmen, ſo viel ihr be=
liebt!

Gräfinn. Nun! Wenn das iſt!
Wenn — —

General. Ja, ia! Eine Gefälligkeit
iſt der andern werth! Und wenn ich mir
denn hernach noch denke, daß — daß —
In der Welt iſt ia alles möglich! — Daß
ich vielleicht noch Vater werden, noch ſo ein
kleines Generalchen auf den Arm herum
tragen könnte! Da wird mir ganz ku=
rios ums Herz! Wenn ich mir denn weiter
vorſtelle, daß die kleine Kröte um mich
herum hüpfen, mich am Ermel zupfen,
mich

mich Papa nennen wird — — O Euer Exzellenz, da fühle ich etwas, das ich noch nie gefühlt habe, da — da — da treten mir Thränen in die Augen, und (wischt sich die Augen) ich muß wie ein Kind weinen!

Gräfinn. Sie armer Mann!

General. Ja sehen Euer Exzellenz, so geht mirs! — Ists Nichtchen aber auch hübsch? Hat sie so schelmische Augen, so Grübchen im Wangen, so ein allerliebstes Füßchen wie die Tante?

Gräfinn. Das werden sie Nachmittags selbst beurtheilen können! Sie ist schön, und um vieles jünger als die Tante.

General. O aufs Alter seh ich eben nicht! So ein Alter ist kein Alter! Was wäre denn ich? — — Hören Sie, da fährt mir auf einmal etwas durchs Gehirn! — — Hol mich der Teufel! Wir zwei könnten etwas anstellen! Wie, wenn! — Ein Spaß wärs! — — Wissen sie was: wir schicken die Nichte zurück, und behalten die Tante!

Gräfinn. (lachend) Das wird schwerlich gehen!

General. Gehts nicht? Auch recht! Aber warum gehts nicht? Bin ich ihnen et-

etwan zu alt? Ein Mann, der Geld hat, ist ja, ihrem eignen Ausspruche nach, nie zu alt!

Gräfinn. Für ein Mädchen! Aber ich bin ja eine Wittwe!

General. Aha die Alten gehören für die Mädchen, und die Jungen für die Wittwen! Nicht übel ausgedacht! —— Aber Weibchen, Tage sollten sie bei mir haben!

Gräfinn. Hören sie noch nicht auf! Ich muß zu meinen Gästen! (steht auf.)

General. Das heißt, ich soll gehen! Auch recht! Nachmittags werde ich richtig erscheinen! —— Die Tante hat mir den Kopf ganz warm gemacht! (küßt ihr die Hand) Euer Exzellenz! Ich bin dem ohngeachtet ihr Sklave! (geht, kehrt um) Es wird mir doch verdammt schnakisch anstehen, wenn ich als Freier eintreten werde! S'Herz wird ziemlich schlagen! Und wenn ich denn ein so allerliebstes Gesichtchen vor mir sehen werde! Ich will des Teufels seyn, ich falle ihr um den Hals, und schmazze sie derb ab! (geht.)

Gräfinn. Ich bin doch recht glücklich! Zwei Eroberungen an einem Tage! Ja! Wenn der Major General wäre, dann ——
Nun!

Nun! Was denn Julie? (halb leife) dann grif ich zu! (ab.)

Ende des erften Aufzugs.

Zweiter Aufzug.

(Sitzzimmer der Gräfinn mit großen Spiegeln.)

Erſter Auftritt.

Michel. (als Engländer ſchön und ſauber ge= kleidet, ſchleicht ſich zur Thüre herein.)

Wenn ich nur einen Spiegel finden könnte! Ah! da iſt ja einer, und noch dazu ein recht großer! (lauft hin, und beſieht ſich) Hahaha! Das Ding ſieht ſchnakiſch aus! Tauſend ſaperment, ich gefall mir ſelbſt! Ich ſeh aus wie ein junger Herr! O ie! O ie! Je! Wenn ich ſo hinaus komme, ſo wird mich gar kein Menſch kennen! Die Maierhofsknechte und Mägde werden ihre Müzzen abziehen und mich angaffen; wer= den glauben, ich ſei ein gnädiger Herr, und hernach wirds der Michel ſeyn! Das wird ein Spaß werden! (hüpft herum.)

Zwei=

Zweiter Auftritt.

Nannette. (mit Koffercus und Tuch) Michel.

Nannette. He! Was soll denn das heißen? Ihr impertinenter Kerl, ihr! Wie kommt ihr denn da herein?

Michel. (ganz erschrocken) Verzeihen Euer Gnaden, ich bin nur —

Nannette. Marschirt den Augenblick hinaus!

Michel. Ganz recht, aber Jhro Exzellenz die gnädige Gräfinn hat ausdrücklich befohlen, daß ich mich in einem Spiegel ansehen soll!

Nannette. Ach was! In dem Zimmer habe nur ich zu befehlen! So etwas gieng noch ab! Wenn ihr einen Spiegel braucht, so sucht ihn im Stalle, aber hier nicht!

Michel. Nu! Nu! Nu! Ich gehe schon! (kehrt um) Um Verzeihung, ist sie nicht die Jungfer, welche mich vorhin beräuchert hat?

Nannette. Was? Jungfer? Jungfer? Ihr Grobian, ihr!

Michel. Nun also! Die Frau!

Nannette. Immer ärger!

Mi=

Michel. Also die Wittwe! Eins von den dreien muß sie doch seyn!

Nannette. Keines von allen! Jung, fer? Lieber will ich eine Ohrfeige leiden, als das Wort hören.

Michel. Keine Jungfer! Keine Frau! Keine Wittwe? Was ist sie denn? (beißt sich in Finger) Tausend Element, izt fällt mirs ein! Gewis eine Mamsell!

Nannette. Wenigstens! das will ich hoffen, und für Leute eurer Gattung bin ich allemal, Euer Gnaden!

Michel. Also eine Mamsell? Hm! Hm! —

Nannette. Izt sag ichs ihm zum letztenmale! Pak er sich!

Michel. Gleich, Mamsell, gleich! Denn mir fällt eben ein, was mir meine Mutter, die immer glaubte, daß einst ein großer Herr aus mir würde, wohl hundertmal gesagt hat: Michel, wenn du einmal in die Stadt kommst, so vergiß ia deinen Stand nicht. Geh mit ehrlichen Jungfern um, so viel du willst; aber gieb dich ia nicht mit den städtischen Mamsells ab; die können einen iungen Menschen ganz zu Grunde richten! Servitör, Mamsell! (geht ab.)

Nan,

Nannette. (äusserst böse) Er! Er! Für was hält er mich denn? Glaubt der Bengel etwan — — — aber schon gut, ich will bei seiner Exzellenz sogleich Satisfaktion verlangen! Sein gottloses Maul soll ihm gewiß gestopft werden! (geht ab, und kommt gleich darauf mit Koffe.)

Dritter Auftritt.

Gräfinn. Baroninn. Fräulein Lotchen und Beate. (Bediente, welche Stühle ordnen, und sogleich abgehen. Die beiden Fräulein sind ganz nach der Mode gekleidet. Die Baroninn ist ihrem Alter gemäß angezogen.)

Baroninn. Ich kann mir nicht helfen; aber ich muß es izt nochmals wiederholen! Du hast dir unser wegen zu viel Ungelegenheit gemacht! Das war eine Tafel, die man bei der größten Feierlichkeit nicht prächtiger geben kann!

Gräfinn. Ich bitte dich um alles in der Welt, mach nur keinen solchen Lärm, über ein gewöhnliches Dinée. Ich bin der Bedienten wegen über deine Lobsprüche wohl zehnmal roth geworden! Es sieht so kleinstädtisch, so armselig aus! Denke, daß du

du meine Anverwandte bist, und daß sich in der
Stadt solche Komplimente gar nicht schicken.
(setzt sich mit der Baroninn auf die Sopha, die
Fräuleins auf die übrigen Stühle.)

Gräfinn. Nun! Ihr seht ja recht lei-
dentlich aus! Gebt euch nur mehr air! Mehr
Ansehen! Und du, Beate, sei doch nur klü-
ger, und mach keine Komplimente mit den
Hausoffizieren.

Fräul. Beate. Ich wußte nicht! Ich
glaubte! Euer Gnaden —

Baroninn. Mein Gott, sie ist nie in
der Stadt gewesen, ich habe draußen keine
Hausoffizier, und der Kleidung nach, kann
man die deinigen immer für Kavaliere halten!

Gräfinn. Nur vernünftig! Nur klü-
ger! Fragt lieber, ich will euch ja gerne be-
lehren! (beide Fräulein stehen auf, und machen
stumme Komplimente.)

Gräfinn. Das waren rechte Landre-
verenze! Ich muß euch nur die paar Monate einen Tanzmeister halten, sonst werdet
ihr verheurathet seyn, und nicht einmal einzutreten wissen. Izt zum nöthigsten! Um
vier Uhr kommt der General Hilsenburg und
der Major, Graf Wleden her. Es sind die
Mäu-

Männer, welche ich mit Bewilligung eurer
Mutter für euch bestimmt habe, betragt
euch also gegen sie, wie es sich geziemt und
gebührt.

Fräul. Lottchen. (ratscht auf dem Stuhle
hin und her.)

Fräul. Beate. (seufzt.)

Gräfinn. Was queksilberst du denn
auf dem Stuhl hin und her? Und worüber
seufzst du denn?

Fräul. Lottchen. Euer Gnaden verzeihen, aber es ist doch ganz natürlich, daß
ein Mädchen bei so einem Antrage erschre-
ken muß.

Gräfinn. Wer wird denn über seine
Bestimmung erschrecken? Oder wollt ihr nie
heurathen? Wollt ihr alte Fräulein bleiben,
oder Nonnen werden?

Fräul. Lottchen. Keines von beiden,
gnädige Tante, aber wenn nun — — Ich
betrachte euer Gnaden als meine Mama, und
unterstehe mich also frei zu reden: Wenn
mir nun der bestimmte Herr Major nicht
gefiele?

Baroninn. So mußt du ihn doch
nehmen, denn die gnädige Tante, und ich
befehlen es, und damit holla! Du darfst
dirs

dirs gar nicht einmal merken laſſen, denn ein Fräulein darf und muß gar keinen Willen haben.

Gräfinn. Seht Kinder, zu iziger Zeit kann man nicht aufs Geſicht, ſondern nur auf die Verſorgung ſehen. Es iſt mir ſo gegangen, wird euch ſo gehen, und ihr werdet es euren Kindern auch nicht beſſer machen. Unterdeſſen dies zum Troſt für dich, Lotchen, dein Zukünftiger iſt ein ſchöner, lieber, vernünftiger Mann. Wenn ich ſelbſt für mich zu wählen hätte, ſo könnte ich keinen beßern ausſuchen. Dein General, Beate, iſt freilich ſchon etwas alt. —

Fräul. Lotchen. Das glaub ich im voraus, denn im Worte General ſteckt ſchon etwas Altes, etwas Ehrwürdiges.

Baroninn. Aber Plappermanl, er hat über dreißig tauſend Gulden jährliche Revenüen, und dies muß ihn in aller vernünftigen Mädchen Augen um dreißig Jahre jünger machen. Sei ruhig, Beatche, dir wirds gut gehen. Wirthſchafte nur immer, du kannſt ſteinreich werden.

Fräul. Beate. Muß ich denn heute noch Ja ſagen?

Grä-

Gräfinn. (lachend) Nein? Nein! So geschwind wirds nicht gehen.

Fräul. Lotchen. Aber Euer Gnaden Mama wissen ja doch — —

Gräfinn. Nun, was willst du sagen?

Fräul. Lotchen. Es kann ja doch kein Geheimniß bleiben. Ich und meine Schwester — — —

Fräul. Beate. Um Gottes Willen, Schwester — — (zupft sie.)

Fräul. Lotchen. Laß mich nur! Die gnädige Tante muß es ja doch erfahren. — — Ich und meine Schwester haben uns schon auf dem Lande — — —

Gräfinn. Nur heraus damit! — — —

Fräul. Lotchen. (stotternd) Auf dem Lande — — — Baron Schildberg — ist so ein schöner, junger Kavalier! Er kam oft zu uns! Er nannte mich oft schön, bis ich auch ihn schön fand, und — und, — —

Gräfinn. Eure Mutter hat mir schon eure Unvorsichtigkeit entdeckt! Ihr habt sehr unrecht gehandelt, und könnt es euch selbst zuschreiben, wenn es izt nicht nach eurem Wunsche geht. Unterdessen will ich eure Liebhaber, wenn sie nach der Stadt kommen, sehen! Ich verspreche im Voraus nichts, glaube schwerlich — — —

Fräul. Lotchen. (freudig) O mein
Schildberg wird Euer Gnaden sicher gefallen; wenn er nur schon da wäre, nur schon
käme!

Fräul. Beate. (plauderhaft) Und mein
Watsdorf gewiß auch! Das ist ein rechter
braver Mann! Der versteht die Wirthschaft
aus dem Grunde, und ich bin auch hundertmal lieber auf dem Lande, als in der
Stadt.

Gräfinn. Du wirst ja auf einmal ganz
beredt? Was die Liebe nicht vermag! Seid
aber nicht so voreilig in eurer Freude, wie
in eurer Liebe! Ich sehe keine Möglichkeit,
es müßten sich nur besondere Fälle ereignen,
denn mein Wort werde ich nie brechen.

Baroninn. Ach, allerliebste Schwägerin, kehr dich nicht an das Geschwätz der
närrischen Mädchen. Führe du deine Absichten aus, wie du willst; daß sie gehor-
chen müßen, dafür steh ich dir.

Vierter Auftritt.

Vorige. Michel.

Michel. (mit der Hand winkend) Euer
hochfreiherrlichen Gnaden! Euer hochfreiherrlichen Gnaden!

Ba-

Baroninn. Was giebts denn Michel! Ist etwas geschehen?

Michel. Haben Sie nur die Gnade, kommen sie ein bischen her!

Gräfinn. (zur Baroninn) So bleib doch sizzen! — Kommt nur ihr her. Für euch schickt es sich besser!

Michel. (hervortretend, im Kopfe krazend) Ja! ich — —

Gräfinn. Nun so redet! Was ists denn?

Michel. Erschrecken Euer hochfreiherrlichen Gnaden nur nicht etwan. Es ist gar nichts übles, nichts schlimmes! Aber ich muß es Euer hochfreiherrlichen Gnaden allein sagen, und wenn Euer. — — Euer Exzellenz da seyn, so kann ich ia nicht. — — Wollten Sie nicht die Gnade haben, ein wenig hinaus zu gehen!

Gräfinn. Seid sehr höflich! Sagts eurer Herrschaft ins Ohr, so werde ich nicht hören.

Michel. Ist auch wahr, das ist gescheid! (der Baroninn ins Ohr, aber sehr laut) Der Herr von Watsdorf ist draußen, und läßt Euer hochfreiherrliche Gnaden fragen: Ob er bei Seiner Exzellenz seine Aufwartung machen dürfe?

Ba-

Baroninn. Gott seys gedankt, daß es nichts ärgers ist. Ich stellte mir schon Tausenderlei vor, und zitterte an allen Gliebern.

Fräul. Beate. (äusserst freudig) Mein Watsdorf, — mein Watsdorf ist da!

Fräul. Lotchen. Michel! Michel! Ist der Baron Schildberg nicht auch mitgekommen?

Michel. Von dem weis ich nichts!

Fräul. Beate. (für sich) Ach lieber Gott im Himmel! Gieb nur, daß er der Tante gefällt.

Baroninn. (zur Gräfinn) Du hast die Bothschaft ohne Zweifel gehört?

Gräfinn. Da ich nicht taub bin, sehr natürlich!

Baroninn. Was befiehlst du also, daß ich thun soll? Es ist wirklich ein rechter hübscher Mann!

Gräfinn. Laß ihn kommen.

Fräul. Beate. O wie mein Herz schlägt.

Baroninn. Michel, sagt nur dem Herrn von Watsdorf: Meine Schwägerin erlaube, daß er ihr seine Aufwartung machen dürfe.

Fräul. Lotchen. Und wenn der Baron Schildberg kommt, darf — darf er Euer Gnaden ebenfalls seine Aufwartung machen?

Gräfinn. Auch! auch!

Fräul. Lotchen. Michel, so wartet draussen, und wenn er kommt, so meldet ihn gleich!

Fräul. Beate. (aufstehend) Michel! (heimlich) Sagt nur dem Herrn von Watsdorf, ich ließ ihm sagen: Er möchte anfangs französisch reden — —

Michel. Französisch?

Fräul. Beate. Ja, ja, französisch! Es ließe viel nobler! Versteht ihr's.

Michel. Kann er denn französisch?

Fräul. Beate. Je freilich! Geht nur!

Michel. Ach, der Herr von Watsdorf hat ein schönes Kleid an. Euer Gnaden werden ihn gar nicht kennen! (ab.)

Gräfinn. (zur Fräul. Beate) Ich bewundere nichts, als deine Lebhaftigkeit! Ich bin ordentlich begierig den Wundermann zu sehen, der dein Phlegma so in Bewegung setzen kann.

Baroninn. Es ist wirklich ein kreuzbraver Mann! Freilich schickt er sich nicht in die Stadt, aber er ist ein guter, braver Landwirth!

Fünfter Auftritt.

Vorige. Herr von Watsdorf. (trägt ein reich gesticktes sammetenes Kleid, aber nach altmodischem Schnitte. Sein Haar ist glatt hintergekämmt, an der Seite hängen zwei kleine, steife Locken. Ein Bedient öfnet die Thüre, setzt einen Stuhl, und geht ab.)

Watsdorf. (mit steifem Komplimente, und äusserst schlechter Aussprache) Votre Excellence! J'ai l'honneur, de vous — — de vous — — Je suis ravi, que, — — que j'ai l'honneur, de vous faire — faire mon Compliment, et je me flatte, que vous — — vous avez la grace, pour pardonner mon — — ma — mon — ma impertinence — — —

Gräfinn. (ihm einfallend) Ich bitte, nehmen sie Platz!

Baroninn. So sprechen sie auch französisch? Das hab ich gar nicht gewußt.

Watsdorf. Un peu! Un peu! — — Je n'ai point usage!

Gräfinn. (lächelnd) Sie sprechen doch auch deutsch?

Watsdorf. O ja, recht gut! Deutsch sprech ich aus der Perfekzion!

Gräfinn. So sprechen wir lieber deutsch!

D 2 Wats

Watsdorf. Ich küße die Hand für die Gnade! — — Ich habe zwar sonst das Französische recht geläufig gesprochen! denn mein seliger Papa hat mir durch drei Jahre einen französischen Bedienten gehalten, und ihm alle Monate zwei Gulden Zulage gegeben. Aber mein Gott, wenn man so etwas nicht alle Tage exerziert, so raucht es gleich aus.

Barouinn. Da haben sie wohl recht, Herr von Watsdorf. Wo haben sie denn das schöne Kleid hergenommen?

Gräfinn. (skoptisch) Haben es ohne Zweifel vom Papa geerbt?

Watsdorf. O behüte der Himmel! Mein seliger Herr Papa hätte kein so Kleid gekauft! Das war ein viel zu guter Wirth! Ich habs erst die vorige Woche vom alten Grafen Hechtingen gekauft. Es kostet mich baare zweihundert Gulden! Ich hätte freilich besser gethan, wenn ich für dies Geld Getreide oder Stroh eingekauft hätte, es ist beides izt sehr wohlfeil, und viel dabei zu profitiren; aber da ich nun einmal nach der Stadt reisen wollte, so mußte ich schon etwas auf meine Kleidung spendiren, denn hier geht man alles nobler, als bei uns auf dem Lande.

Grä=

Gräfinn. (lachend) Sie haben wohl sehr viel Stroh?

Watsdorf. Nun Gott sei Dank, da ist bei mir keine Noth!

Gräfinn. Das merk ich deutlich!

Watsdorf. Meinen einjährigen Vorrath an Heu und Stroh laß ich mir nie ausgehen, denn ohne dem taugt die Wirthschaft keinen Pfifferling! Hat man kein Futter, so hat man kein Vieh, hat man kein Vieh, so hat man keinen Dünger, und wo der nicht ist, da heißt es bald gute Nacht! Euer Exzellenz werden wohl auch Güter besitzen, und am besten wissen: Ob ich die Wahrheit rede?

Baroninn. Da haben sie recht, vollkommen recht! Sagen sie mir, lieber Watsdorf, was halten sie von dem izigen Wetter? Wirds den Früchten nicht schaden?

Watsdorf. Man muß das Beste hoffen! Die frühen Saaten stehen recht schön! —— Das ist einmal ausgemacht: Frühe Saat verläßt keinen Landwirth!

Baroninn. Richtig! richtig! Was machen denn ihre Schaafe?

Watsdorf. Die stehen heuer besonders gut! Es ist eine Freude, sie anzusehen.

Baroninn. Und ihr großer Schweizer Stier? Wie befindet sich der?

Watsdorf. Er küßt die Hände für die gütige Erinnerung. Befindet sich recht wohl! Das ist wahr! Der Kerl ist meine einzige Freude! Ich habs Maas von ihm bei mir! Ich will gleich hundert Dukaten wetten, es giebt in der ganzen Stadt keinen solchen: (er zieht einen Bindfaden aus der Tasche) Sehen, Euer Erzellenz, das ist der Hals! — — das die ganze Länge! — — das die ganze Breite! — das die Höhe! —

Baroninn. (zur Gräfinn) Wie gefällt dir Watsdorf? Ein ganzer Landwirth! Nicht wahr? Und auch sonst ein recht unterhaltender Mann!

Gräfinn. Ja! ja! ein wahrer Homme sociable für die Bauern. Ich bin über die Karikatur so erstaunt, daß ich völlig stumm bin!

Baroninn. Je nun, aber! (redt sachte mit der Gräfinn.)

Watsdorf. (Fräulein Beaten die Hand drückend) Wie gehts, Beatchen?

Fräul. Beate. Ach ich lebe zwischen Furcht und Hofnung; wenn sie der Tante nicht gefallen, so sind wir verlohren!

Wats=

Watsdor. Das wäre! Sie haben mich recht erschreckt!

Fräul. Lotchen. Ist denn der Baron Schildberg nicht mit ihnen zur Stadt gekommen? Haben sie ihn denn nicht gesehen?

Watsdorf. Je ja! Er ist hier! Wir sind miteinander im goldenen Adler abgestiegen! Er ist mit seiner Frisur noch nicht fertig, und hat mich voraus geschickt!

Fräul. Lotchen. Also kommt er? Nun das ist gut! Wenn er nur schon da wäre!

Gräfinn. (laut zur Baroninn) Nein! nein! das ist gar keine Möglichkeit, gar kein Gedanke. (zu Watsdorf) Wie gefällts ihnen in der Stadt?

Watsdorf. Mir? Je nun! Euer Exzellenz aufrichtig zu reden, nicht gar zu sonderlich! Es ist alles zu eng, man hat gar keine Aussicht! Lauter Häuser, Gassen und Menschen! Es wird einem angst und bange! — — Aber da hab ich mir doch im Hergehen, eine herrliche Spekulazion ausgedacht, die ich gut benützen würde, wenn ich nicht weit von der Stadt wohnte.

Gräfinn. Und die bestünde?

Watsdorf. Ich habe hie und da in den Winkeln der Gassen großmächtige Dunghäufgen liegen

gen

gen sehen, habe gefragt, wem sie gehören,
und da hat mir der Lehnlakei gesagt: Es
wäre Gassenkoth, der für Bezahlung hin-
ausgeführt würde. Wäre ich nun nicht
weit von der Stadt entfernt, so schickte ich
alle Tage meine Pferde herein, ließ ihn auf
meine Felder führen! Da sollte es erst Getreide geben!

Gräsinn. (zur Baroninn halb laut) Der
Mann ist aus lauter Stroh und Dung zusam-
mengesetzt. Ich muß nur enden! (zu ihm) Darf
ich um die Ursache ihres Besuchs bitten?

Fräul. Lottchen. (zu Beaten) Schwester! izt bete! Izt kommt der entscheidende
Augenblik!

Watsdorf. Ich —. ich habe eine sehr
große Wirthschaft! muß immer selbst auf
dem Felde und im Stall seyn! Denn des
Herrn Auge machts Pferd fett! Ich kann
also meiner Hauswirthschaft nicht gehörig
vorstehen, die geht zu Grunde, und ich muß
mich nolens volens verheurathen.

Gräsinn. Und die Glückliche, welche
ihre Wahl getroffen hat, nennt sich?

Watsdorf. Ich? Ich? Ich? —
Wenn ich mich unterstehen — stehen dürfte!
Ich? Euer Exzellenz, ich! — —

Fräul.

Fräul. Lotchen. Bete! bete Schwester, sonst wird dein Liebhaber stumm!

Watsdorf. Die gnädige Frau Baroninn wird Euer Exzellenz meine redliche Absicht schon entdeckt haben, und wenn Euer Exzellenz erlauben, so unterstünde ich mich, hier um die Fräulein Beatchen anzuhalten. Ich habe sie von ganzem Herzen lieb, und sie hat mich wieder lieb, und so, hoffe ich, würden wir recht gut miteinander leben, und so wirthschaften, daß Euer Exzellenz gewiß keine Schande davon hätten.

Gräfinn. Ich danke Ihnen für die Ehre, die sie meiner Familie durch ihren Antrag zugedacht haben; aber so lange ich in der Familie etwas zu sagen habe, so lange erhalten sie meine Nichte nicht.

Fräul. Beate. Oh weh!

Gräfinn. Ich will keine Bauern unter meinen Anverwandten haben, und dies sind sie, ihre Ahnen ausgenommen, ganz. Sie werden vielleicht noch manche Spekulazion zu machen, noch manchen Dunghaufen in der Stadt zu besetzen haben. Ich will sie also nicht abhalten, und empfehle mich ihnen.

Wa

Baroninn! Mein lieber Herr Nach=
bar, es thut mir wirklich recht leid; aber
da ich nun einmal meine Töchter ganz der
Leitung ihrer Tante überlassen habe, so kann
ich ihnen nicht helfen.

Watsdorf. Also wärs nichts! So
hätte ich mich umsonst gefreut, so — so —

Gräfinn. Sie werden schon anderwärts
ihr Glück besser finden! Ich empfehle mich
ihnen nochmals!

Watsdorf. Ich will also nicht länger
beschwerlich fallen! Fräulein Beatchen leben
sie recht wohl! Ich wünsch ihnen tausend
Glück und Segen zu einer bessern Verbin=
dung, aber ich hoffe, daß — daß — (mit
gebrochener Stimme) daß sie und ihre gnädi=
ge Mama überzeugt seyn, daß ichs — ge=
wis redlich meinte — — daß ich sie von
ganzem Herzen liebte — — Ich werde sie
ewig nicht vergessen! Ich — ich — ich — —
Es geht mir zu sehr zu Herzen; ich kanns
gar nicht sagen, wie mir ist — —

Fräul. Beate. O gnädige Tante! O
Mama! — —

Baroninn. Schäm dich doch!

Watsdorf. Ja, Euer Gnaden haben
gut reden, sie fühlen nicht, was wir fühlen!

Schäm

Schäm dich! Ich sollte mich freilich schämen, daß ich lieber weinen als lachen möchte, aber ich kann mir nicht helfen!

Fräul. Beate. Ach mein lieber Watsdorf! Ich lasse sie nicht! Ich sags hier frei!
Ich liebe sie ewig!

Gräfinn. (zur Baroninn) Deine Erziehung macht dir viel Ehre!

Baroninn. (zu Beaten) Kind, denke doch
nur an die dreißig tausend Gulden Einkünfte!
Besinn dich nur! Ich bitte Herr Nachbar,
gehen sie lieber! Es kann nun einmal nicht
anders seyn!

Watsdorf. Ich empfehle mich aller-
seits unterthänigst! Ich kann nichts anders
sagen, als daß ich recht unglücklich bin;
wenn sie das nicht rührt, so seis in Gottes Namen! (abgehend) O Beatchen! O
Beatchen!

Fräul. Beate. (will ihm nach) Watsdorf! Watsdorf!

Baroninn. Kind, willst du mich aus
Aerger ins Grab bringen? (hält sie zurück)
Hab ich das an dir verdient?

Watsdorf. (an der Thüre, kehrt wieder
um, im weinenden Tone) Votre Excellence!
je suis votre tres humble Serviteur! (ab.)

Fräul.

Fräul. Beate. (weint.)

Gräfinn. Schäme dich, Nichte, du wirst mirs am Ende noch danken, daß ich dich von deiner Verblendung geheilt habe! Wer in der Welt wird sich denn so wegwerfen? Es ist ja der roheste, ungesittetste Landjunker.

Baroninn. Laß nur gehen, Schwägerinn, es wird sich alles geben. Ich kenne mein Beatchen. Sie ist ein gehorsames Kind!

Sechster Auftritt.

Vorige. Herr von Watsdorf.

Watsdorf. (bleibt an der Thüre stehen) Gnädige Frau Baroninn, sie haben schon oft den Maierhof, der zwischen ihren Gründen liegt, zu besitzen gewünscht. Ich trete ihnen solchen sogleich ab.——Meinen Stier, er ist mir nicht vor hundert Dukaten feil, meine spanischen Schaafe, mein Kleeheu! Alles sollen sie haben! Machen sie mich nur nicht unglücklich! Ich kann nicht von der Stelle kommen. Ach mein Beatchen! Mein Beatchen!

Ba=

Baroninn. Ja mein Gott und Herr! Wenn ich nur wüßte! Sag mir nur, Schwägerinn, was meinst du denn?

Gräfinn. Du wirst doch deine Tochter nicht für Schaafe und Kühe verhandeln.

Baroninn. Freilich, freilich! das geht nicht! Der Maierhof wäre mir zwar sehr gelegen, aber es geht nicht. Mein lieber Herr von Watsdorf ich kann ihnen einmal nicht helfen, so gerne ich auch wollte!

Fräul. Beate. Ach Euer Gnaden Mama!

Gräfinn. Herr von Watsdorf, das ist mein Zimmer! Ich hoffe, sie werden mich nicht länger inkommodiren, sonst — —

Watsdorf. Ich verstehe! Aber ich muß Euer Exzellenz doch sagen, sagen muß ichs ihnen, frei heraus sagen: Euer Exzellenz haben ein hartes Herz! (ab.)

Gräfinn. Seht! Seht! Ich hielte ihn für einen gutherzigen Narren, und finde, daß er auch boshaft ist!

Baroninn. Uibel meint ers doch nicht!

Fräul. Lotchen. Euer Gnaden, gnädige Tante, ich bitte selbst — —

Gräfinn. Nun ja! Fang du auch an! Ich hoffe, daß du dich vernünftiger betra-
gen

gen wirst, sonst, sag ich dirs im voraus,
laß ich deinen Baron gar nicht einmal vor.

Fräul. Lottchen. Euer Gnaden werden
gewiß mit ihm zufrieden seyn. Mein Baron
ist ein ganz anderer Mann!

Siebenter Auftritt.

Vorige. Ein Bedienter.

Bedienter. Der Herr General von
Hilsenburg.

Gräfinn. Wird mir eine Ehre seyn!
Izt vernünftig, Fräulein Beatchen, das
bitte ich mir im voraus aus, sonst — — —

Achter Auftritt.

Vorige. General Hilsenburg.

General. Unterthäniger Diener, Euer
Exzellenz!

Gräfinn. Votre Servante! (auf die
Baroninn deutend) Dies ist die Baroninn
von Falben, meine Schwägerinn! (auf die
Fräuleins) Meine Nichten, ihre Töchter!
(gegen alle) Der Herr General Baron von
Hilsenburg!

(Stumme Komplimente von beiden Seiten.)

Ge=

General. Freut mich, freut mich die Ehre zu haben, Euer Gnaden kennen zu lernen.

Baroninn. Die Ehre ist unser Seits!

Fräul. Lottchen. (heimlich zu Fr. Beaten) Das ist sicher der Papa deines zukünftigen Herrn Ehegemals!

Fräul. Beate. Wenn ers nur nicht gar selbst ist. Ich wäre des Todes!

General. (der unterdessen die Fräuleins betrachtete) Allerliebste Kinder! Wenn ich izt Paris wäre, ich wüßte nicht, welcher ich den Apfel zuwerfen sollte! (tritt zu ihnen) Meine schönen Fräuleins, wie gefällt es ihnen in der Stadt?

Fräul. Lottchen. Wir sind noch sehr wenig mit ihr bekannt; und können ihr weder Böses noch Gutes nachsagen!

General. (sich in die Mitte setzend) Bravo! Bravo. Eine allerliebste Antwort!

Gräfinn. Bei ihnen, Herr General, ist ja heute alles allerliebst!

General. Müssen mir schon verzeihen, wenn ich kindisch rede, ich kann mich in meinen Zustand nicht schicken. Sizze hier im Himmel, und, und — — (husset) Ja, wenn ich nicht reden soll, wie mir der

Schna-

Schnabel gewachsen ist, so bleibe ich
stumm! — —

Gräfinn. Nun so reden sie nur, re=
den sie!

General. Meine gnädige Fräulein!
(hustet) Meine gnädige Fräulein! (lachend
zu Lotchen) Sie Kleine, Lose! Sehen sie
mich nur nicht so durchbringend an! Das
sind Blicke, die unser einer nicht ertragen
kann. Und das Grübchen hier! — — Und
das kleine runde Kinn! Ich gestehe es ih=
nen! Ich bin ganz weg! (aufs Herz deutend)
Tausend Element, da rebellts auf und nie=
der! — — Ich kann gar nichts Gescheides
zu Markte bringen! — Wie heißen sie denn,
meine Schöne?

Fräul. Lotchen. Ich heiße Lotchen!

General. Lotchen! Lotchen! Was das
für ein schöner, lieber Name ist! Also Lot=
chen! Nun das freut mich! das freut mich!
Womit beschäftigen sie sich denn auf dem
Lande?

Fräul. Lotchen. Mit allerhand. Ich
lese, arbeite, sehe in der Hauswirthschaft
nach.

Baroninn. Ja, mit der giebst du dich
viel ab! Da laß Beaten davon reden!

Ge=

General. Ah Mama, sie müssen mir mit dem scharmanten Kinde nicht zanken! Nur weiter, weiter!

Fräul: Lotchen. Zuweilen geh ich spazieren! Manchmal tändle ich — —

General. Tändeln? So, so! Wer tändelt, der ist auch verliebt! Nun, wie stehts denn mit dem kleinen, losen Herzchen da? Weis es schon, was Liebe ist? Nun aufrichtig, sind sie schon verliebt?

Fräul. Lotchen. So etwas, Herr General, gestehen wir Mädchen vom Lande nur unserm Gewissensrath!

General. (klopft in die Hände) Bravo! Bravo! Das war wieder eine herrliche Antwort! — — Euer Exzellenz, ich bin schon weg, rein weg! Es funkelt mir alles vor den Augen! Ich höre, und sehe nichts anders!

Gräfinn. Lieber General, Sie sind wahrlich nicht gescheidt!

General. Ja, was hilfts reden! Ich muß es am besten fühlen! Was wollte ich denn nur sagen! Ja! ja! (sucht in den Taschen, zieht ein Futeral heraus) Da hab ich heute einen kleinen Schmuck gekauft! (öfnet es) Wie gefällt er ihnen?

Fräul. Lötchen. Ich bin keine Kennerin; aber er ist sehr schön!

General. Gefällt er ihnen? Gefällt er ihnen?

Fräul. Lotchen. Wem sollte so etwas nicht gefallen?

General. Ich unterstehe mich ihnen ein Präsent damit zu machen!

Fräul. Lotchen. Ich bitte unterthänigst!

General. Tragen sie ihn zu meinem Andenken! Erinnern sie sich dabei des alten — — des, wollt ich sagen, des General Hilsenburg! — — Da hab ich einen rechten Bock geschossen!

Gräfinn. (lachend) Ja! ja! Einen starken!

General. Je nun, wird nicht der letzte seyn! Alter und Liebe lassen sich nicht bergen!

Fräul. Lotchen. Herr General, ich bitte nochmals! Ich kann, und darf kein Präsent annehmen.

Baroninn. Je nun! Wenns der Herr General durchaus haben — — —

Gräfinn. (winkt ihr) Herr General, kommen sie her! Ich will ihnen etwas sagen.

Ge-

General. Ich stehe zu Befehl!

Gräfinn. (heimlich) Sie sind an die Unrechte gerathen! die andere ist für sie bestimmt!

General. (Fräul. Beaten ansehend) Die ist mir zu todt, zu stille! Ich muß eine Lustige haben, die mir vorschwazt, wenn ich Grillen habe! Ich bleibe schon bei dieser! — —

Gräfinn. Das geht aber nicht, das ist wider mein Sistem!

General. Sistem hin! Sistem her! Das läßt sich ja leicht ändern!

Baroninn. Je nun, Schwägerinn, wenn dies recht wäre, ich habe nichts darwider!

Gräfinn. Rede nur nicht so albern! (zum General) Und hernach! Was begehen sie denn für eine neue Impolitesse? Wer wird denn gleich Präsente machen?

General. Womit soll sich denn ein so alter Kerl, wie ich bin, sonst empfehlen? In mein Gesicht wird sie sich wahrlich nicht verlieben! Das weis ich; das fühl ich! Mein gutes Herz, mein guter Wille muß hier also die Stelle vertreten!

Grä-

Gräfinn. Da hätten sie freilich recht, aber — — (reden heimlich fort.)

Fräul. Lotchen. (zu ihrer Schwester) Du, ich glaube, der macht sich gar an mich!

Fräul. Beate. Ach! Ich bin herzlich froh!

Fräul. Lotchen. Das glaub ich! Du bist wie der Fuchs! Gieb du deinen Balg dem Kirschner!

General. (laut zur Gräfinn) Ah was, der Herr Major kann nehmen, was der General übrig läßt! Er hat ja noch keine gesehen! Er kann sich so gut in die Jüngere wie in die Aeltere verlieben, und schicksamer ists immer, daß ich die Aeltere nehme!

Gräfinn. Ganz wohl, ganz recht! Aber — — —

General. Ich laß einmal kein Aber gelten! Der Herr Major ist phlegmatisch, und das Fräulein dort scheint auch nicht sanguinischen Temperaments zu seyn; Sie werden sich also treflich zusammen schicken! Und endlich, und endlich dürfen Euer Exzellenz ja nur befehlen, so folgt der Major blindlings!

Gräfinn. Möglich! Aber gewis aus keinem phlegmatischen Grunde.

Ge-

General. Seis, wies sei! Euer Exzellenz erlauben es, und die gnädige Mama
werden wohl auch zufrieden seyn!

Baroninn. (die immer den Schmuck betrachtet) Ach ich, mir ist alles recht! Mir
ist die gröste Ehre! Ein prächtiger, ein herr-
licher Schmuck!

General. Also Vivat! Das unum-
schränkte Kommando hab ich, und nun sollen
Euer Exzellenz gleich sehen, wie ich die
Festung bestürme und einnehme! (setzt sich zu
Lotchen) Warum denn so in Gedanken, mein
schönes Fräulein!

Fräul. Lotchen. Gedanken, Herr General sind zollfrei, und besitzen nebenbei ein
ausschließendes Privilegium!

General. Ein Privilegium? das wäre!
Und wie lautet denn dies?

Fräul. Lotchen. Daß man ihnen andere Worte geben kann, wenn man sie nicht
entdecken will.

General. Versteh! Versteh! Gut gegeben! Gut! (für sich) So gehts nicht, muß
anders einlenken!

Gräfinn. Herr General, sie fangen zu
weit an!

General. Kriegslift, Euer Erzellenz, Kriegslift! Sie werden gleich hören, und erstaunen. (zur Lotchen) Gnädiges Fräulein sehen sie mich einmal an! Steif und fest!

Fräul. Lotchen. (sieht ihn steif an.)

General. So! So! Tausend Element, das sind ein paar Augen, die man weit und breit nicht so findet und sieht. (sieht sie immer an, und wieder weg) Ja, ia! Was wollte ich denn nur sagen! Ja, ia! Ich wollte! — — Ein paar göttliche Augen! und da — und hernach — — und wenn — und dieses — — vorzüglich — — am meisten! — — Ja, hören sie, wenn sie mich immer so ansehen, so kann ich kein Wort herausbringen.

Gräfinn. (lacht.)

Fräul. Lotchen. Der Herr General befehlen ia selbst!

General. Richtig, liebes Kind, richtig! Aber izt sehen sie nur wieder weg! (sieht sie an, Fräulein Lotchen schlägt die Augen nieder) So! Ah! Gott sei gedankt! — das war ia ein Blick, im ärgsten Bataillenfeuer war mir nicht so zu Muthe! — — Izt liebes Kind, izt sagen sie mir einmal aufrichtig — — Sie haben mich doch recht genau angesehen? Also aufrichtig und frei:

Wie

Wie seh' ich aus? (gegen die Gräfinn) Nicht wahr Euer Exzellenz, das war eine geschickte Wendung! (zur Fräulein) Nun liebes Kind, wie gefällt ihnen mein Gesicht? Wie seh ich aus?

Fräul. Lotchen. (schalkhaft) Wie ein Held, der schon viele Lorbeern fürs Vaterland gesamlet, viele Tage und Nächte in rastlosem Eifer fürs Beste des Staats durchwacht hat! Dies hole, eingefallene Auge, diese hundert und tausend Falten, welche dies ehrwürdige Gesichte durchfurchen, sind der Beweis davon. Dies Haar selbst, ungeacht es der bescheidne Puder so dicht bedeckt, ruft doch laut aus ieder Oeffnung hervor: Seht mich an, ich bin in Ehren grau geworden!

General. (springt vom Stuhle auf, und läuft im Zimmer herum.)

Gräfinn. (zur Baroninn) Ich hätte deiner Tochter nicht so viel Witz zugetraut.

Baroninn. Das verdammte Kind! Gott verzeih mir meine Sünde! Wenn sie den Schmuck verscherzt, so soll sie mir nicht mehr unter die Augen kommen!

General. Nein, nein! Das war zu tüchtig! Das war meiner Seele zu arg!

(zur)

(zur Gräfinn) Euer Exzellenz ich bin geschlagen, total geschlagen! Die Festung scheint mir unüberwindlich! — — Haben sies gehört? Das heißt: du bist ein braver, aber ein alter, infamer Kerl! Ich mag dich nicht! — — Aber schön gesagt, gut gesagt!

Gräfinn. Warum folgten sie nicht meinem Rathe? Warum wählten sie nicht die andere, die würde ihnen so etwas nicht gesagt haben.

General. Ganz recht! Aber sehen, Euer Exzellenz, diese Antwort macht mir das Mädchen noch theurer! Sie hat mich zwar ganz aus meiner Fassung gebracht, aber ich werde gleich wieder attaquiren. (setzt sich wider zur Fräule Lotchen) Wie alt sind sie denn, mein schönes Fräulein?

Gräfinn. Pst! Das war wieder eine alberne Frage!

General. Seis! Ich wiederhole sie doch! Wie alt sind sie mein gnädiges Fräulein?

Fräul. Lotchen. Ich werde zwei und zwanzig Jahre!

General. Zwei und zwanzig? Zwei und zwei ist viere, zwei und wieder zwei ist wieder viere! das wäre vier und vierzig.

Fräul,

Fräul, Lotchen. Richtig! Wenn sie aber, Herr General, etwan mein Alter mit dem ihrigen berechnen wollen, so werden sies wohl mit drei multipliziren müssen.

General. Das verdammte Mädchen! Aber ich will folgen! dreimal zwei ist sechs, und wieder dreimal zwei ist auch sechs, das wäre sechs und sechzig Jahr!

Fräul. Lotchen. Nun werden wirs besser getroffen haben?

General. Sechs und sechzig? Nein! hol mich der Teufel, das ist nicht wahr! Ich wills ihnen aufrichtig gestehen, wills mit meinem Taufschein attestiren! Ich werde erst zwei und sechzig Jahr alt! Wo's Gesicht spricht, da hilft's Läugnen nicht. Und wollen sie izt — hören sie mich gut an, und lassen sie mich ausreden — und wollen sie izt einen so alten, aber gewis ehrlichen Kerl zu ihrem Mann haben, so schlagen sie ein! Was mir am Gesichte, an der Gestalt abgeht, das werde ich ihnen auf eine andere Art ersetzen. Sie sollen Geld haben, so viel sie wollen! Kleider, so schön sie eine Dame immer tragen kann! Ihr Wille soll mein Befehl seyn; ein Wink von ihnen soll mich durch die Hölle jagen, und für alles die-

dieſes verlange ich weiter nichts, als daß
ſie mich lieben; oder wenn ſie dies nicht
können, mich als ihren alten Vater hoch-
ſchätzen und ehren. Und izt Punktum! Ich
gebe ihnen Bedenkzeit bis heute Abends um
ſieben Uhr, dann komme ich, und hole Antwort. (ſieht auf, und geht zur Gräfinn) Izt
habe ich Kapitulazion vorgeſchlagen; gehts
auch ſo nicht, ſo marſchire ich in die Win-
terquartiere.

Gräfinn. Laſſen ſie ihr nur Zeit, es
wird ſchon gehen!

Fräul. Lotchen. Herr General, ich
hoffe, daß — — —

General. Pſt! Kein Wort davon!
bis um ſieben Uhr, dann werden wir kapi-
tuliren! So oder ſo! Es wird mir weh
thun, wird mich kränken! Aber gram kann
ich den ſchelmiſchen, ſpitzbübiſchen Augen
deswegen doch nicht werden. Und izt ſte-
ken ſie da den Plunder ein! (nimmt den
Schmuck vom Tiſche, und giebt ihr ſolchen) Ste-
ken ſie ein!

Fräul. Lotchen. Herr General, ſie kennen die Kriegsgeſetze; wenn man mit dem
Feinde kapitulirt, ſo darf der Kommandi-
rende

rende kein Geschenke annehmen, sonst könnte man ihn des Eigennutzes beschuldigen.

General. Hier ist der Fall nicht! Ich gebe und sie nehmen ohne Absicht! des Bettels wegen werden sie mir doch keine Verbindlichkeit haben, und wenn sie mir den Korb geben, und einen andern heurathen, so erlaube ich ihnen diesen Schmuck an ihrem Hochzeitstage zu tragen — —

Baroninn. So nimm nur, und bedanke dich recht schön!

Gräfinn. Nein, nein! Die Nichte hat recht! Ein Mädchen darf kein Geschenk annehmen!

Neunter Auftritt.

Vorige. Baron Schildberg (sehr gut und nach der neuesten Mode gekleidet.)

Bar. Schildberg. (zu einem Bedienten, welcher zum Anmelden herein treten wollte) Sans façon! Monsieur, sans façon! Seine Exzellenz sehen Leute, und so brauchts kein Anmelden! (zur Gräfinn) Unterthänigster Diener! Verzeihen, Euer Exzellenz, daß ich als ein Unbekannter mir die Freiheit nehme, ihnen meine Aufwartung zu machen, ich

ich habe schon in der Ferne so viel von
Euer Erzellenz vortreflichen Verstande, auſ-
serordentlichen Witze und Geiſte erzählen hören, daß ich den Augenblick kaum erwarten
konnte, um die alles belebende Sonne in
der Nähe bewundern zu können.

Fräul. Lotchen. (voll Freude) Mein
Schildberg! Mein Schildberg!

Gräfinn. Da sie sich selbst aufführen,
so muß ich sie wirklich nach ihren Namen
fragen?

Bar. Schildberg. Baron Schildberg!
Euer Erzellenz unterthäniger Sklav und
Diener! Ich habe vor sechs Monaten erst
Paris verlassen, wo ich seit fünf Jahren lebte. In allen Gesellschaften und
Zirkeln, die ich dort täglich besuchte,
fragten mich stets alle Kavallere, welche ſe
Deutschland gesehen hatten: Wie sich die
schöne Gräfinn Albingen befinde? Ich war
ordentlich embaraffirt, daß ich ihnen keine
Auskunft geben konnte; aber schreiben will
ichs nun den hundert und tausend, die mich
fragten, daß ich izt das unverdiente Glück
habe, die schönſte Dame Deutschlands von
Angesicht zu Angesicht zu sehen, und hinzu
setzen will ichs, daß es in Frankreich keine
gäbe,

gäbe, die würdig wäre, die elendeste Kopie von diesem herrlichen Originale abgeben zu können!

Gräfinn. Herr Baron reden sie mit mir? Und von mir?

Bar. Schildberg. Ich rede die reinste Wahrheit! Und wollte nur wünschen, Worte zu finden, um mein Gefühl auszudrücken! (für sich) Ah! Ich mache andern Eindruck, als der arme Watsdorf! Werde ander reusiren!

Gräfinn. Herr Baron, ich muß sie nochmals fragen: Für was halten sie mich?

Bar. Schildberg. Für die geistreichste, schönste Dame Deutschlands!

Gräfinn. Setzen sie hinzu, für die geduldigste, phlegmatischste! Denn beides müßte ich seyn, wenn ich ihre schamlosen Schmeicheleien länger anhören wollte! Ich bin eine deutsche Dame, die ihren Werth zwar fühlt, aber sich nicht gerne im Munde der Thoren loben hört. Wenn sie in Frankreich weiter nichts, als so fade Komplimente auswendig gelernt haben, so ist ihnen ihre Reise sehr theuer zu stehen gekommen.

Bar. Schildberg. Verzeihung, Euer Exzellenz, Verzeihung! Ich schätze mich glück-

glücklich ein Märtirer der Wahrheit zu seyn!
— (läuft zur Baroninn) Ah Madame la Ba-
ronne, ihr unterthänigster Diener! Wie be-
finden sie sich in der Stadt? Wie gefällt sie
ihnen? Haben sie die Gnade gehabt, mit
Euer Exzellenz zu sprechen. Mein Vater ist
alles zufrieden! (spricht leise mit ihr fort.)

Gräfinn. Ein impertinenter Kerl!

General. (zur Fräulein Lotchen) Sagen
sie mir? Wer ist denn der Kerl? Hab ihn
noch nie gesehen. Er thut ganz bekannt mit
ihrer Mama! Was hat er denn da alles ge-
plaudert? Was will er denn?

Fräul. Lotchen. Ich weis nicht! —

General. Kennen sie ihn nicht?

Fräul. Lotchen. Es ist der Baron
Schildberg! Ein Kavalier aus unsrer Nachbarschaft!

General. Also ein Deutscher? Warum
hüpft und schleudert er denn herum, wie
ein Luftballon! — — Kind! Kind! sehen
sie ihn nicht so an. Betrachten sie ihn nicht
so genau! Es ist ein Windbeutel. Ganz
Kleid! Ganz Frisur! Es ist nichts an ihm!

Baroninn. (zur Gräfinn) Schwägerinn!
Ich bitte dich recht schön, sag nur da dem
Herrn Baron deine Meinung! Er plagt und
quält

quält mich, und du weist doch, daß ich
ohne dich nichts thun kann und thun werde.

Gräfinn. Hier ist weder Zeit noch
Ort von dieser Sache zu reden, aber so viel
muß ich ihnen doch sagen, daß nie etwas
daraus werden kann, noch werden wird!
Ersparen sie sich alle weitere Mühe! Und
da ich eine Deutsche bin, so richte ich mich
auch nach deutscher Sitte und Gewohnheit,
und bitte sie offenherzig, mich künftig mit ihren Besuchen zu verschonen.

Fräul. Lotchen. Oh weh! Oh weh!

General. Was fehlt ihnen?

Fräul. Lotchen. (aufs Herz deutend)
Da! da!

General. Nun werden sie etwan krank!
Wenn nur lieber der Sausewind fortginge!

Bar. Schildberg. Euer Exzellenz haben mein Todesurtheil gesprochen!

Gräfinn. Hahaha! Sie müssen nicht
zu heftig verliebt seyn, da sie ihre Auser-
wählte, ein gewöhnliches Kompliment ausgenommen, kaum eines Blits gewürdiget
haben.

Bar. Schildberg. Die alles erleuch-
tende Sonne hatte meine Augen so gefesselt,
daß ich den stillen Mond zu betrachten nicht
fähig war.

Gräfinn. Ah wieder eine Floskel aus einem französischen Briefsteller! Haben sie ihrer noch viele in Bereitschaft? Ich will ihre Sammlung auch noch mit einer bereichern, sie wird ihnen in verschiedenen Fällen nützlich seyn: Wenn Thoren plaudern, so schweigt der Vernünftige. (steht auf) Herr General, wir soupiren heute in meinem Garten vorm Thore, wenn sie uns Gesellschaft leisten wollen, so — —

General. Von Herzen gerne, ich muß so meine Antwort abholen.

Gräfinn. Haben sie den Major nicht gesehen? Wo er nur bleibt?

General. Kann nicht dienen. Sagen sie mir nur, was verlangt denn der Herr dort?

Gräfinn. Eine Unmöglichkeit. Ihren Arm, sie müssen mich bei der Toilette unterhalten. Schwägerinn, ich gehe mich umzukleiden. Du kommst doch mit deinen Töchtern bald nach?

Baroninn. Den Augenblick!

General. Ja, Euer Gnaden, kommen sie bald! Geben sie gut Obacht! Die Gegend hier herum scheint mir nicht allerdings sicher.

Ba-

Baroninn. Sorgen sie nicht, ich will
sie schon sicher machen.

Gräfinn. Kommen sie, Herr General!
Herr Baron, ich hoffe, daß sie mich ver=
standen haben?

Bar. Schildberg. Nur zu gut! Leider!

General. (im Abgehen, sich immer umse=
hend). Wenn ich nur wüßte, was der Kerl
wollte! Es steckt nichts Gutes in ihm, das
sieht man an allen! — Ich habe eine ordent=
liche Antipathie mit ihm. (mit der Gräfinnab.)

Zehnter Auftritt.

**Baroninn. Fräul. Lotchen und Beata.
Baron Schildberg.**

Bar. Schildberg. Gnädige Frau!
wenn sie sich unser nicht annehmen, wenn
sie sich ihres Kindes nicht erbarmen, so
sind wir verlohren; so schwör ichs ihnen
feierlich: Morgen bin ich nicht mehr.

Baroninn. Schwören sie, was sie
wollen; bei mir richten sie nichts aus! Ich
habe es ihnen schon draussen gesagt, ich wie=
derhole es ihnen hier abermals! Ich mag, ich
will sie nicht zum Schwiegersohne haben.

Fräul. Lotchen. O mein Karl, was
wird aus uns werden? Stellen sie sich vor:

Stadt u. Land.　　F　　　Sie

Sie haben doch den alten General gesehen? An diesen will man uns verkaufen.

Bar. Schildberg. Wie? Was? Cela
n'est pas possible?

Baroninn. Poßibel hin, poßibel her!
Sie wird immer besser versorgt seyn, als
wenn sie so einen Sausewind heurathet, der
nur Geld verthun kann! — — Das dumme
alberne Ding verstehts nicht besser! Wie
ich mich geärgert habe! Warum hast du
denn den schönen Schmuck nicht angenom-
men? Itzt liegt er hier, es kann ihn noch
jemand stehlen; ich muß ihn nur in Verwah-
rung nehmen. Und itzt marsch hinein!

Fräul. Lotchen. Euer Gnaden Mama,
ich sags hier öffentlich! den alten, abscheu-
lichen General heurathe ich nicht! (ingeheim
zum Baron) Warten sie hier ein wenig! —
(zur Baroninn) Und wenn sie mich zwingen,
so geh ich durch, oder stürz mich ins Wasser!
(ab.)

Fräul. Beate. (weinend) Und ich —
wenn ich meinen Watsdorf nicht bekomme,
so spring ich meiner Schwester nach!
(ebenfalls ab.)

Baroninn. Ihr gottlosen Kinder! Ich
empfehle mich ihnen Herr Baron! Ich habs
ihnen

ihnen schon zweimal gesagt, und wiederhols
zum letztenmale: Es kann nichts draus werden. Es kann nicht! (ab.)

Bar. Schildberg. (allein) Das heißt
angeführt! — Ich habe den ehrlichen Watsdorf so ausgelacht, glaubte mit meinen ef-
fronten Schmeicheleien durchzubringen, und
muß izt selbst mit der langen Nase abziehen.
(trillert ein Liedchen) Ja! ja! den Leichtsinn
der Franzosen hab ich wohl nachahmen gelernt, aber das verdammte deutsche Herz
will nicht folgen! Wie es so ängstlich klopft!
Bin wirklich verliebt! Der Teufel mag die
deutschen Damen ausstudiren! Hätte ich einer Französinn diese Schmeicheleien gesagt,
sie würde meinen Verstand bis in Himmel
erhoben haben.

Eilfter Auftritt.

Baron Schildberg. Fräul. Lotchen.

Fräul. Lotchen. (sehr eilig) Bester!
sind sie noch hier? O ich bitte, ich beschwö-
re sie, rette sie mich! Eh ich den Alten heurathe, eh ich dich, Karl, verlasse, ehe wag
ich alles! Wir fahren izt in der Tante Garten! Fragen sie nach, wo er liegt! Verklei-

den

den sie sich, kommen sie hin, bringen sie den Watsdorf mit. Ich und meine Schwester werden am einsamsten Orte spazieren gehen! Michel wird sie am Eingange erwarten, und zu uns führen! — — O Karl sinn auf Mittel! Denk nach! (sieht sich immer um) Ich muß wieder hinein! — Kurz retten sie mich! (läuft fort.)

Bar. Schildberg. Ja, retten will ich dich, und wenn man dich mit diamantenen Fesseln gekettet hätt, (durch die Mittelthüre ab.)

(Ende des zweiten Aufzugs.)

Dritter Aufzug.

(Ein Gartensaal zur ebnen Erde. Im Hintergrunde Aussicht in Garten, durch Thüren mit Glasfenster.)

Erster Auftritt.

Baron Schildberg. Watsdorf (schleichen in Mäntel gehüllt herein, ihnen folgen Fräul. Lotchen und Beate, endlich Michel.)

Fräul. Lotchen. So, hier sind wir sicher! Michel stell dich dort an die Glasthüre,

thüre, sich beständig die Allee hinauf, und
wenn iemand kommen sollte, so sags!

Michel. Ganz recht, gnädiges Fräulein!

Bar. Schildberg. Da hast du einen
Dukaten, gieb gut Obacht! (zu Watsdorf)
Gieb ihm auch etwas!

Watsdorf. Da habt ihr vier Gro-
schen! Trinkt meine Gesundheit!

Michel. Bedank mich! bedank mich!
(stellt sich an die Thüre.)

Fräul. Lotchen. Ist Karl, geschwind,
was haben sie ausstudirt? Wie ist uns zu
helfen?

Bar. Schildberg. Ich habe hin und
her studirt! Hab in der Geschwindigkeit ein
halb Dutzend Romanen durchblättert, und
nirgends ein anders Mittel als die Flucht
gefunden!

Fräul. Lotchen. Die Flucht? Aber
wie? Wohin?

Bar. Schildberg. Hören sie mich an:
Mein Kutscher hat unweit von hier einen
Gärtner zum Bruder! Der Garten gehört
einem alten Herrn, welcher ihn selten be-
sucht; dort bin ich izt hingefahren, und habe
meinen viersitzigen Reiswagen warten lassen!

Alles

Alles ist schon aufgepackt; sie gehen izt zum
Soupee, stellen sich müde von der Reise,
eilen ins Bette, und schleichen sich wieder
hieher. Wir erwarten sie, nehmen sie in
unsre Arme, werfen uns in Wagen, und eilen über die Gränze.

Fräul. Lotchen. O göttlich! o schön!
Ich hab schon oft in vielen Romanen von
einer Entführung gelesen, dachte immer,
wenn dir nur auch einmal so ein Glück
wiederführe, und izt komm ich so unverhoft
dazu! — Aber haben sie auch alles gut
veranstaltet?

Bar. Schildberg. Alles, ma belle,
alles! Ich bin in diesem Fache ia kein
Neuling! Habe in Frankreich sechs Mädchen entführen helfen, und bin allemal glücklich durchgekommen.

Fräul. Beate. (zu Watsdorf) Sie gehen
doch mit? Ich bleib nicht hier! Ich müßte
zuletzt vielleicht gar den garstigen Alten heurathen.

Watsdorf. Ja, ich ginge herzlich gerne
mit, wenn ich nur keine Wirthschaft hätte!
Wer wird denn indeß Obacht geben? Wer
wird nachsehen?

Bar. Schildberg. Dein Verwalter!

Wats-

Watsdorf. Schon recht, aber wer wird diesem nachsehen? Und zudem ist auch mein großer Stier krank; ich habe eben vom Verwalter durch einen Reitenden Nachricht erhalten. Er frißt schon zwei Tage nichts! Warten sie also nur mit der Entführung, bis ich nachgesehen habe. Ich bin in zwei Tagen wieder hier!

Bar. Schildberg. O Monsieur, das ist nicht möglich! Wer weis, wenn sich wieder solch eine Gelegenheit ereignet! In zwei Tagen sind vielleicht unsre Schönen schon verbunden, oder wenigstens versprochen.

Fräul. Beate. Ist ihnen denn ihr Stier lieber als ich?

Watsdorf. Das nicht! das nicht! Ich gäbe hundert seines gleichen für sie! Aber übereilen wir uns nur nicht zu sehr! Wo werden wir denn hinreisen?

Bar. Schildberg. Gerade nach Paris!

Fräul. Lotchen. O ia nach Paris! Nach Paris!

Watsdorf. Nein, nach Paris geh ich nicht mit! Da lernt man nurs Geld verthun:

Bar. Schildberg. Nun so gehen wir nach der Schweiz.

Wats

Watsdorf. Nach der Schweiz? Da möchte ich schon mitgehen! Da werde ich das schöne Vieh ansehen, werde Schweizer Käse machen lernen! Aber, wo nahmen wir denn Geld zur Reise her? Ich habe keins bei mir!

Bar. Schildberg. Dafür ist schon gesorgt! Ich hatte für meinen Vater in der Stadt zehntausend Gulden zu erheben, sie sind schon eingepackt!

Watsdorf. Zehntausend Gulden werden bald alle!

Bar. Schildberg. So laß mich nur ausreden. Sobald wir in der Schweiz sind, so lassen wir uns kopuliren; schreiben alsdann gerade an Vater und Mutter, berichten ihnen unsre glückliche Verbindung, und was wollen sie alsdenn machen? Froh werden sie seyn, bitten werden sie uns müssen, daß wir zurückkehren, und die Familie aus der Schande retten. Sorg dich nicht, mon ami, auf den Herbst kommen wir sicher zurück.

Watsdorf. Nun, wenn ich nur zur Ernde wieder da bin, so geh ich meinem Beatchen zu gefallen, schon mit. — — Sollte ich mir aber in der Schweiz ein

paar

paar Kühe kaufen wollen, so leihst du mir
doch das Geld dazu?

Bar. Schildberg. So viel du willst!

Watsdorf. Vá! Ich geh mit! Will
nur geschwind eine förmliche Instrukzion an
meinen Verwalter aufsetzen.

Bar. Schildberg. Je, die kannst du
ihm durch die Post schicken, izt ist keine
Zeit dazu.

Michel. (tritt vor) Ich glaube, es wird
unsicher! Da ist eben ein Offizier über den
Weg gelaufen, und izt ist der alte Herr
ihm auch nachgehinkt.

Fräul. Lotchen. Wenn sie etwan hieher kämen! Gehen sie lieber fort! Um 10
Uhr müssen sie wieder hier seyn, und warten bis wir kommen.

Michel. Ganz recht! Aber wenn sie
alle fortreisen wollen! Was geschieht denn
mit mir?

Bar. Schildberg. Hast du denn zuge-
hört?

Michel. Alles! Ich habe recht auf-
gepaßt! Sie wollen fortreisen in — in die
Schweiz — — Ums Reisen muß es eine
schöne Sache seyn, nehmen sie mich mit!

Bar.

Bar. Schildberg. Gut, ich nehme dich
als Reitknecht in meine Dienste! Du gehst
aber den Augenblick mit mir! (zu Lotchen)
Ich muß ihn sogleich zu mir nehmen, und nicht
mehr aus den Augen lassen, sonst plaudert
er alles aus!

Fräul. Lotchen. Richtig! Gehen sie
nur! Nur fort! Ich höre Schritte! Um 10
Uhr sehen wir uns! fort! fort!

Bar. Schildberg. Komm Michel!

Fräul. Lotchen. Da — da hinaus!
(führt ihn zur Seitenthüre ab.)

Watsdorf. Adieu Beatchen! Wenn
wir nur glücklich fortkommen, so will ich
ihnen erst sagen, wie lieb ich sie habe!

Fräul. Lotchen. Fort! fort!

(Watsdorf ab.)

Zweiter Auftritt.

Fräul. Lotchen. Fräul. Beate.

Fräul. Lotchen. Wie ist dir denn
Schwester?

Fräul. Beate. Ich weis selbst nicht
recht; so froh, und so ängstlich! Die
Mama wird doch recht weinen, wenn wir
fort sind!

Fräul.

Fräul. Lotchen. Warum will sie uns zwingen! Ich denke an nichts, als an die Entführung, an die Abentheuer, die wir haben werden!

Fräul. Beate. Mich freut es freilich auch! Aber, wenn nur ——

Fräul. Lotchen. Schwester, wenn etwan der Major dein Bestimmter, heute hier soupirt, so sei höflich und freundlich! Ich wills gegen den Alten auch seyn, damit wir sie sicher machen; damit sie nicht das geringste vermuthen! Verstehst du?

Fräul. Beate. Schon recht, aber es wird nicht von Herzen gehen —

Fräul. Lotchen. Thut nicht! O weh, mein Alter! Verstellung steh mir bei!

Dritter Auftritt.

Vorige. Der General.

General. Ah trift man sie hier! Meine Schönen, ich habe den ganzen Garten durchsucht, und glaubte schon, ein böser Feind habe sie unsichtbar gemacht! Wohl mir, daß ich sie finde. Izt ein Wort mit ihnen, mein gnädiges Fräulein, auf allen Uhren in der Stadt hats sieben geschlagen!

(giebt

(zieht seine Uhr heraus) Meine zeigt die nämliche Stunde! bis sieben Uhr gab ich ihnen Bedenkzeit, und nun verlange ich reine, kategorische Antwort!

Fräul. Lotchen. (verwirrt) Herr General, ich will —— Ich werde mit der gnädigen Mama und Tante sprechen.

General. Das hätten sie eher thun sollen! Izt ist die Zeit vorbei, und ich verlange Antwort. Ich warte keinen Augenblick länger; weis am besten, was mich diese paar Stunden gekostet haben. Hatte keine Rast, keine Ruhe, bin herumgelaufen wie der ewige Jude, und habe mich auf der Uhr bald blind ge   t. Was brauchen sie mit der Mama und Tante zu reden! Fragen sie ihr Herz, und sagen sie mir die Antwort wieder. So ein alter, grauer Kerl ich auch bin, so verlang ich doch nicht, daß sie mich der Mama zu gefallen, sondern meines ofnen, biedern Karakters wegen heurathen sollen! Nun Kind, reden sie, ich kanns kaum erwarten, ich stehe auf Kohlen! Ja oder Nein!

Fräul. Lotchen. Herr General, sie hatten vorhin die besondere Laune, mich für eine Festung zu halten. ——

Ge-

General. Richtig, Kind, richtig! Aber für eine Festung, die ich nicht mit Sturm, sondern blos durch Kapitulation erobern will. Freiwillige Uibergabe! und wenn sie mir diese abschlagen, so marschire ich weiter, attakire andere, bis ich irgendwo offene Thore finde! Ich fühle den jammervollen Zustand eines alten Hagestolzes auf einmal zu stark, ich muß eine Frau haben; Sie, gnädiges Fräulein, wären mir bei Gott die liebste. Kanns nicht seyn, so wirds mich schmerzen, mir in der Seele wehethun; aber — wie gesagt — ich werds anderwärts probiren. Izt Kind, bitte ich zum leztenmale um Antwort!

Fräul. Lotchen. Wenn ich also eine Festung bin, so habe ich bei der ganzen Uibergabe kein Votum im Kapitel! Was meine Kommendanten, die gnädige Tante und Mama beschliessen, das muß ich mir gefallen lassen!

General. Das wäre so etwas, aber lange nicht genug! Reden wir ohne Metaphern! Sie passen hieher nicht; Also lieber gerade zu: Deutsch und offen! Wollen sie mich heurathen?

Fräul. Lotchen. Vielleicht, wenn — —

Ge-

General. Blelleicht , liebes Kind,
vielleicht! — — Wärs möglich? Sieh nur,
wie dein vielleicht mich so glücklich macht;
Nur weiter , daß ich mich entweder recht
freuen , oder von Herzen bettrüben kann!

Fräul. Lottchen. Herr General! Ich
kann ihnen als Mädchen nicht mehr sagen!
Genug! Ich bin mit dem vollkommen zufrieden, was meine Mama und die Tante beschliessen, bis dahin — — —

General. Zufrieden ! (äusserst freudig)
Zufrieden, mein Weib zu werden? — — O
du Engel! O du goldner Engel! Du machst
mich alten Mann zu glücklich! Es ist mir
kaum glaubbar! O ich! O ich! — — Ist
mir doch ganz schwindlich! Das schöne, liebe Mädchen mein Weib! Wie soll ichs denn
vergelten? Wie soll ich danken? — — Wünschen, verlangen, begehren sie, damit ich
ihnen nur zeige, nur beweise, wie sehr ich
sie schätze und liebe! O ich glücklicher Mann !
sie ists zufrieden! — — Verzeihen sie, ich
muß fort , fort ins Freie! — — Muß
meiner Freude Raum geben, muß mich erholen! Allen Leuten, meinem Garten, meinen Bäumen will ichs erzählen! Freut euch,
will ich ruffen: Ihr bekommt eine Frau!

Fräul.

Fräul. Lotchen. Herr General, wenn ich bitten darf — —

General. Was denn, mein Engel, was denn? — — Nein, ich kann, weis Gott, nicht länger hier bleiben, wenn ich sie noch ansehe, und denke: der Engel soll mein seyn, so wird mir so enge ums Herz, daß — daß ich hinsinken möchte. — — Ich will ausreiten; komm ich nicht zum Soupee, so denken sie nur, daß ich herumschwärme, und mein Glück empfinde! — — Sie sinds zufrieden! Diese drei Worte will ich mir mit goldnen Buchstaben aufschreiben, will sie in meinem Zimmer aufhängen, sie noch auf meinem Todtenbette lesen, und in meiner Sterbestunde noch an die Freude denken, die ich izt fühle! (läuft fort) Sie ists zufrieden! Sie ists zufrieden!

Fräul. Beate. Gott seis gedankt, daß er fort ist! Ich glaubte wirklich, er würde rasend werden!

Fräul. Lotchen. Bald dauert er mich! Könnte ich mein Herz ändern, wahrlich, ich bliebe hier, und machte den Alten glücklich! Aber so! — — O mich schaudert, wenn ich nur daran denke, daß ich meinen Karl verlieren soll! (fährt mit der Hand übers Gesicht)

Ein

Bin ich nicht eine Närrin! Hätte mich der Alte bald melancholisch gemacht! O Karl nur dich, sonst keinen! (wollen abgehen.)

Fräul. Beate. Um Gottes willen, die Tante kommt mit einem Offizier gerade die Allee herunter!

Fräul. Lotchen. Richtig! Das wird der Major seyn! Itzt kannst du auch noch einen Liebesantrag aushalten!

Fräul. Beate. Ach um Gottes willen! Das ist nicht möglich! Ich kann mich nicht so, wie du verstellen! Hilf mir nur, Schwester, hilf mir!

Fräul. Lotchen. Komm, komm nur! Dahinaus! (zur Seitenthüre ab.)

Vierter Auftritt.

Die Gräfinn. Der Major.

Gräfinn. (im Eintreten) Ich bin ganz außer Athem! Sie haben Schritte gemacht wie ein Grenadier! —— Nun, was giebts denn? Was haben sie mir denn so dringendes, so geheimes zu sagen?

Major. Belieben Euer Exzellenz nur diesen Brief zu lesen. (giebt ihr einen großen Brief.)

Grä-

Gräfinn. (ihn betrachtend) Per Eſtaffette! Was iſt denn vorgefallen?

Major. O leſen, Euer Exzellenz, leſen ſie nur!

Gräfinn. (den Brief eröffnend, und leſen.) Wie? Ihr Bruder iſt geſtorben?

Major. Ja, ja! Nur weiter!

Gräfinn. Sie ſind Erbe ſeiner Grafſchaft, ſeiner Güter!

Major. Ja, das bin ich! Das bin ich!

Gräfinn. So wünſche ich, Euer Exzellenz, zu dieſer Erbſchaft alles mögliche Glück, und empfehle mich zu fernerer Huld und Gnade!

Major. Weiter nichts! Weiter nichts?

Gräfinn. Nun, was ſoll ich denn weiter thun? Soll ich tanzen? Soll ich ſprin= gen? Oder ſoll ich den hohen Todesfall be= trauren, beweinen?

Major. Alſo weiter nichts? Ah, das iſt traurig! Es war ein guter Bruder, ich liebte ihn wirklich; aber wie ich ſo den Brief eröfnete, ſeinen unverhoften Tod las, und ſeinem Andenken eine Thräne weihte, da vertrocknete ſie ſchnell, als ich weiter dachte; das kann dir helfen! Das kann dich retten!

Stadt u. Land.　　G　　Grä=

Gräfinn. Ah ich verstehe, sie können izt nicht die Verbindung mit meiner Nichte eingehen, müssen sich auf gute Art loszumachen suchen! Das braucht die Umstände nicht! Ich sehe die Unmöglichkeit ein, und entlasse sie mit Freuden!

Major. Ich danke, ich danke! Aber das hätte sich von sich selbst gehoben. Erinnern sich, Euer Exzellenz, noch an heute früh?

Gräfinn. An heute früh? Was soll denn da merkwürdiges geschehen seyn?

Major. (ernsthaft) Wenn sie das vergessen haben, — vergessen konnten, dann bin ich unglücklich! Dann wollte ich: mein Bruder lebte noch!

Gräfinn. So lassen sie mir nur Zeit, ich werde mich vielleicht doch besinnen! Ich erinnere mich eben! —— Sprachen sie nicht von Liebe?

Major. Sprach von Liebe, und wurde hofnungslos abgewiesen! Mir schien es zwar — vielleicht war ich ein Thor — aber mir schien es doch, als ob es ihnen weh thäte, daß sie mich bei solchen Umständen abweisen mußten. Die Umstände haben sich geändert; was habe ich zu hoffen?

Grä-

Gräfinn. Pfui! schämen sie sich! Sie werden ja nicht den Liebhaber in Pleureusen spielen!

Major. Werds, werds! Ich kann mir nicht helfen! Schon lange kämpfte ich mit dieser heftigen Leidenschaft, suchte sie vergebens zu unterdrücken; izt ist sie mit Riesenstärke erwacht. Erlauben sie mir wenigstens zu hoffen!

Gräfinn. Sie werden izt ohne Zweifel quittiren?

Major. Unter diesen Umständen freilich!

Gräfinn. Werden auf ihre Herrschaft ins Reich gehen?

Major. Sie weichen der Antwort aus! Julie; das ist grausam!

Gräfinn. Vielleicht nähere ich mich ihr; antworten nur sie!

Major. Nun ja! Ich gehe anfangs auf meine Herrschaft, aber bald; bald komm ich zurück, und dann überlasse ichs Euer Exzellenz, meinen Wohnort zu bestimmen.

Gräfinn. Ich soll ihn bestimmen?

Major. Ja sie! Versagen sie mir auch ihr Herz; so werden sie doch wenigstens meine Freundinn bleiben, werden mich doch

dann

dann und wann in ihrem Hause, in ihrer
Gesellschaft dulden! Und dann will ich in
der Stille sie bewundern, sie verehren, bis
früh oder spät ein anderer Glücklicher mir
auch die letzte Hofnung raubt, und mich
ganz unglücklich macht.

Gräfinn. (gerührt) Guter, redlicher
Mann, ich sehe —— (sich geschwind fassend)
Gehen wir zum Soupee! Es ist ange-
richtet!

Major. Nein so nicht! Bei Gott, so
nicht! Geben sie mir nur einen Schein von
Hofnung! Stecken sie mir auch das ent-
fernteste Ziel, und ich will ruhig seyn; will
dulden und harren! —— Ich bin nicht
der Mann, der in schwärmerischen Ausdrü-
ken seine Liebe erklären, einen unverständli-
chen Mischmasch von Empfindeleien daher
deklamiren kann! Ich schwöre nicht beim
glänzenden Monde; phantasire nicht von
Silberquell und Wonnegefühl, aber, Weib
meines Herzens, ich liebe dich eifrig, treu
und aufrichtig —— Kurz, ich sags noch
einmal, ich vermags nicht auszudrücken,
was ich für sie fühle; aber mein Herz
spricht Wahrheit, und meint es redlich!

Gräfinn. Das sehe, das fühle ich!

Ma=

Major. Nun wohl! so entſcheiden ſie!

Gräfinn. Doch nicht auf der Stelle?

Major. Warum nicht? O Theuerſte, warum nicht?

Gräfinn. Weil ich Frau war, und nun Wittwe bin. Man liebt ſeine Freiheit dann erſt recht, wenn man ſie ſchon einmal ver-lohren, und wieder gefunden hat!

Major. Sie ſollen ia ihre Freiheit nicht verlieren; ſollen unumſchränkt herr-ſchen! — —

Gräfinn. Stille mit den gewöhnlichen Alltagsſentenzen der Liebhaber! Ich weis am beſten, was davon zu halten iſt. Kom-men ſie zum Soupee!

Major. Ohne Hofnung? ohne Troſt?

Gräfinn. (ihm den Mund zuhaltend) Pſt! Kein Wort mehr! Ihren Arm! (der Major küßt ihr die Hand, ſie betrachtet ihn) Ohne Uni-form werden ſie mir viel beſſer gefallen! Ich liebe die bordirten Weſten nicht! Ent-weder den Rock auch, oder gar nichts. (will mit ihm ab.)

Major. (ſie zurückhaltend) Julie, wenn ein armer Elender an ihrer Thüre erſchiene, Ihnen zitternd klagte, daß er durch drei Tage

nichts

nichts gegeſſen, vor Hunger bereits ſchmachte! Was würden ſie thun?

Gräfinn. Welche Frage?

Major. O antworten ſie! Was würden ſie thun?

Gräfinn. Den armen Hungrigen auf der Stelle ſättigen! Mich dann nach ſeinen Umſtänden erkundigen, und wenn ers verdiente, ganz glücklich zu machen ſuchen.

Major. O bravo! Dieſer Schmachtende bin ich! Ich flehe um Troſt, um Hofnung; und ſie hören mich nicht, gewähren mir nicht ein einziges troſtreiches Wort, denken nicht, daß meine Leidenſchaft mir unerträglich wird? — — —

Gräfinn. Ungeſtümer Plaggeiſt! (küßt ihn geſchwind) Iſts ſo recht? Sind ſie zufrieden?

Major. O ich! ich! — — — Ja, da fehlts wieder an Worten! (drückt ihre Hand an ſein Herz) Dies klopfende Herz! Wenns zu reden vermöchte! (fällt ihr zu Füßen) Großmüthige Frau! Dank! Dank, wie keiner ihn gab! — — —

Gräfinn. Um Gottes willen! wenn uns jemand überraſchte! (läuft hurtig ab.)

Major. (ihr nach) Julie! Julie! (ab.)

Fünf-

Fünfter Auftritt.

(Ein Garten. Im Hintergrunde das dazu gehörige Gebäude. Es fängt an, dunkel zu werden.)

Michel, auf einer Rasenbank sitzend.

(aufstehend) Izt wird mir bald angst! Es wird schon finster, und sie kommen noch nicht! Wenn sie etwan gar nicht kämen, und mich hier sizzen liessen! Das wäre eine schöne Bescherung! Ich könnte nicht einmal den Weg nach Hause finden! — — — "Warte nur da! Warte! — — Wir kommen bald!„ — Und izt sizze ich schon so lange da, und es kommt niemand! Michel, diesmal bist du angeführt! — — Geschieht mir recht! — Zweimal recht! Dreimal! Die Baroninn war doch eine gute Frau! Freilich sehr geizig; gab mir schlechte Kost und Lohn, aber izt habe ich vielleicht gar nichts! O ich (fängt zu weinen an) ich weiß nicht, was ich thun soll!

Sechster Auftritt.

General. Michel.

General. (tritt im Kaputrock ein, wirft sich auf die Rasenbank, Michel retirirt sich nach

dem

dem Hintergrunde) Ah! wie froh bin ich, daß
ich meinen Garten erreicht habe! Nach der
Stadt komm ich heute schon nicht! Bin ich
nicht ein rechter alter Gek? Ein — ein — ich
weis selbst nicht was! Gallopire da Feld
auf, Feld ab! Jubilire, lache, singe, und
laß mein Mädchen einsam zu Hause sitzen!
Ich konnte mir aber nicht helfen! Ich mußte
Luft schöpfen, sonst wäre ich für lauter
Freude ein Narr geworden. So ein Mädchen! so einen Engel zur Frau! — — Und
wenn sie mich dann so herzlich lieben, mich
küssen, mir schmeicheln, mich ihren guten
Alten nennen, mich an ihre volle Brust drü-
cken wird; dann ists gar aus — rein aus!
— Muß lieber schlafen gehen, sonst fange
ich wieder von vorne an! — — Werde aber
viel schlafen! — — Was wollte ich denn
noch hier im Garten? Ja, fragen wollte
ich den Gärtner, wem der Wagen gehört,
der vor meinem Hause hält? (geht gegen das
Haus, trift auf Michel.) He! guter Freund,
wem gehört der Wagen, der draussen vorm
Garten hält?

Michel. (ängstlich) Der Wagen? Der
Wagen? Der gehört uns.

General. Wie heißt eure Herrschaft?

Mi-

Michel. Das ist ein Fremder! Vielleicht reist der auch mit! Wenn ichs nur gewis wüßte!

General. Nun! bekomm ich keine Antwort?

Michel. Sagen sie mir nur! — Vielleicht! Ja wenn ichs nur gewis wüßte! — — Sagen sie mir nur!

General. (ihn genau betrachtend) Kerl, dich soll ich ia gesehen haben, dich soll ich ia kennen!

Michel. Das kann wohl seyn, mich kennen viele Leute! Ich bin der Baroninn von Falben ihr Michel!

General. Was machst denn du hier? Und das ist euer Wagen? Vielleicht hat man mich gesucht? Vielleicht überraschen wollen? Ist deine Herrschaft etwan? — — Ist Fräulein Lotchen hier?

Michel. Noch nicht! — — Sagen sie mir nur, wissen sie etwas davon? Reisen sie auch mit?

General. Ich? Ob ich mitreise?

Michel. Ja, das muß ich wissen! denn sonst sage ich ihnen kein Wort! Sie könnten es der Baroninn oder der Gräfinn wieder sagen.

Ge-

General. (für sich). Was Teufel geht hier vor? (zu Micheln) Freilich reis ich mit.

Michel. Nun, das freut mich! Mir war schon so allein angst und bange! Ich glaubte, es würde gar niemand kommen! Wenn nur sie da sind, so können wir uns unterdessen die Zeit vertreiben! Werden die andern bald kommen?

General. Ich begreif gar nicht, mir ist, als ob ich träumte! (zu Micheln) Sag mir nur, setz dich her zu mir!

Michel. Ah, ich weis schon, was sich schickt!

General. Mach keine Umstände! Wir sind ja Reisekompagnons! Auf der Reise hören alle Komplimente auf!

Michel. Nun, weil sies so befehlen! (setzt sich zu ihm.)

General. (für sich) Ich fürchte mich ordentlich weiter zu fragen! (zu Micheln) Sag mir nur; man hatte nicht Zeit, mich zu unterrichten; wer geht denn alles mit?

Michel. Je nun: Ich, der Baron von Schildberg, der Herr von Watsdorf, Fräulein Lotchen, und Fräulein Beatel! Sonst niemand! —— Aber tausend hinein, da fällt mir eben etwas ein, daran hat ge-

wis

wis kein Mensch gedacht: wir haben nur
einen viersitzigen Wagen! Wo werden denn
sie sitzen?

General. (für sich) O ich armer be-
trogener Mann! Ah das ist mehr als schändlich! Mich so zu betrügen! Mir zu schmeicheln, um mich desto sicherer zu hintergehen,
das ist nicht möglich, nicht möglich!

Michel. Was ist ihnen denn? Gehts
ihnen auch im Kopfe herum, daß sie keinen
Platz haben werden! Was werden wir itzt
anstellen?

General. (sich fassend) Ich? O ich sitze
ja mit dir auf dem Bocke!

Michel. Auf dem Bocke? Da sind wir
freilich Kameraden! Du verdamter Kerl!
Ich hätte dich bald für etwas rechts gehalten. Nun willkommen, willkommen! Dienst
gewis bei dem Baron?

General. Ja, ja; er hat mich eben
aufgenommen, und hieher geschickt! (für
sich) Ich kann mich gar nicht fassen; sollte
denn so ein Engelsgesicht auch betrügen können! (zu Micheln) Wo werden wir denn eigentlich hinreisen? Ich weis noch gar
nichts!

Mi.

Michel. Das merk ich. Aber das
kann ich dir alles haarklein erzählen. Wir
gehen gerade nach — nach der Schweiz,
da werden sie sich miteinander kopuliren
lassen, werden hernach schreiben, und da werden sies hier schon zugeben müssen, und werden froh seyn, wenn wir wieder zurückkom-
men.

General. Allerliebst! Aber sag mir
nur, wies kommt, daß sie just in meinen
Gar — — in diesen Garten die Zusammen-
kunft verabredet haben?

Michel. Verstehst du! Der Garten
gehört einem alten Herrn, der selten aus
der Stadt hieher kommt! Der Gärtner ist
unsers Kutschers Bruder, und da schreibt
sich die Bekanntschaft her!

General. Ah so! Wird der Baron
bald kommen?

Michel. Er und der Herr von Wäts-
dorf passen itzt dort in der Gräfinn ihrem
Garten, bis die Fräuleins abkommen können, dann gehts in einem Fluge auf und
davon. Der Herr Baron hat mich gleich
hieher geführt. Er denkt, ich möchte es
vielleicht ausplaudern, aber er hätte sich
nicht

nicht sorgen dürfen, ich kann schweigen,
wie ein Stock!

General. Das merk ich; das merk
ich! (für sich) Ich bin außer mir, und habe
doch so viel Fassung nöthig! (zu Micheln) Das
Ding wird lustig seyn!

Michel. Ja, ja, ich freue mich schon
darauf! Und die Stadtliebhaber, die werden Gesichter schneiden, wenn sie mit der
langen Nase abziehen müssen! Es ist aber
auch eine rechte Sünde und Schande, daß
so ein alter Kerl noch ans Heurathen denkt!

General. Welchen meinst du?

Michel. Je, den alten Offizier, oder
was er ist! Ich hab ihn zwar nur von weiten gesehen, aber er geht so steif wie ein
Bock, und keucht wie ein dämpfiges Pferd.
Wäre ich ein Mädchen, und wenn er mit
Gold überzogen wäre, ich möchte ihn nicht!

General. (giebt ihm eine Ohrfeige) Du
verdammter Kerl!

Michel. (springt auf) Tausend Element!
Kamerad, das leide ich nicht! Was habe
ich dir denn gethan?

General. (sich fassend) Auf den Fuß
hast du mich getreten!

Michel. Auf den Fuß? Das wird von ungefähr geschehen seyn! Und mußt du denn gleich so zuschlagen? Oft darfst du mir nicht so kommen!

General. (herum gehend, für sich) Ich weis nicht, was ich denken, was ich thun soll! Das ist eine förmliche Entführung! O ich armer Betrogner! Soll ich sie erwarten? das geht nicht! Erblickte ich sie in seinem Armen, ich brächte den Kerl um! Soll ich hin zur Gräfinn? So kommen sie unterdessen, und fahren auf und davon! Ja, so kanns gehen! (zu Micheln) Kamerad, wie viel ists denn Uhr?

Michel. Es muß stark auf Zehne gehen!

General. Ah! da kommen sie heute nicht!

Michel. Was? Sie kommen nicht? Das wäre schön! Was sollten denn wir anfangen?

General. Dummkopf! verstehst das denn nicht, da kommen sie heute nur nicht. Morgen gehts deswegen doch fort. Der Baron sagte mirs ja ausdrücklich: Wenn wir nach neun Uhr nicht da sind, so nimm du den

Wa=

Wagen und den Bedienten, den du da fin=
den wirst, und fahr wieder nach Hause!

Michel. Nun, so gehen wir lieber,
damits niemand erfährt!

General. Ja, ja! Wir können uns
in Acht nehmen, denn wenns der alte Offi=
zier erführe, so ließ er dir gewis fünf und
zwanzig geben!

Michel. Dir per Kompagnie wohl
auch mit! Du wirsts ihm doch etwan nicht
sagen?

General. Ich? Bewahre! (für sich)
Wenn sie uns aber begegnen? der Wagen
muß einen andern Weg nehmen, und fin=
den sie den nicht, so müssen sie doch so lange
warten, bis wir kommen, und die saubere
Entführung enden! (zu Micheln) Du kannst
doch den Kutscher?

Michel. Je freilich!

General. So sags ihm, daß es der
Wille des Barons ist, daß wir zurückfah=
ren müssen. Er kennt mich noch ni ht.

Michel. Schon recht; du hast mir
mit den fünf und zwanzig ordentlich Angst
gemacht! Ich wollte, ich wüßte lieber gar
nichts davon. (mit dem Generalen ab.)

Eile

Siebenter Auftritt.

(Nach einer kleinen Pause schleicht von der andern Seite der Baron Schildberg herein, ihm folget noch so leise Fräulein Lotchen, Brate und Herr von Watsdorf.)

Bar. Schildberg. Michel! Michel! Wo Teufel steckt denn der Kerl! Zuletzt macht der uns noch eine Konfusion!

Fräul. Lotchen. Michel! Michel! Hörst du denn nicht?

Watsdorf. Vielleicht ist ihm die Zeit lang geworden, und er ist indes zum Kutscher gegangen.

Bar. Schildberg. Möglich! Will ihn gleich suchen, und dann auf und davon! (läuft ab.)

Watsdorf. Ja, ja! Machen sie nur, daß wir fortkommen! Mir ist wirklich nicht wohl bei der Sache; Erwischen uns die verdammten Offiziers, so kanns heilig zum Duell kommen.

Fräul. Lotchen. Und duelliren mögen sie nicht? Schämen sie sich! Sie taugen zu keiner Entführung! Kommen zu der Ehre, ohne sie zu fühlen! Und du Fräulein Schwester,

ster, wie stehts denn mit dir? Siehst auch aus, wie die sieben theueren Jahre!

Fräul. Beate. Ach mir liegt die Mama am Herzen. Sie wird wohl sehr weinen, wenn wir weg sind!

Fräul. Lotchen. Nun freilich; warum erinnerst du mich auch dran! Du hast recht, wir sollten —— Aber warum will man uns auch zwingen, Männer zu nehmen, mit denen wir unglücklich seyn müssen!

Watsdorf. Hätten zu Hause so glücklich leben können, und müssen izt in fremde Länder! Beatchen, ich liebe sie gewis von ganzem Herzen; Ich — ich könnte ohne sie nicht leben, aber ich liebe auch meine Wirthschaft, mein schönes Vieh, meine spanischen Schafe! Das zu verlassen, thut mir auch weh! Und wenn ich an meinen armen kranken Stier denke — — —

Achter Auftritt.

Vorige. Baron Schildberg.

Bar. Schildberg. Ich bin — ich weis nicht! —— Es ist ein Irrthum vorgegangen? Stellen sie sich vor: ich kann weder Wagen noch Bedienten finden!

Stadt u. Land.   H   Wats-

Watsdorf. Was? Der Wagen ist
weg? Nun da wirds schön werden!

Bar. Schildberg. Ich weis mir nicht
zu helfen!

Fräul. Lotchen. (schlägt in die Hände) Ah
das ist schön! Das ist prächtig! Das freut
mich!

Fräul. Beate. (ängstlich) Das freut
dich?

Fräul. Lotchen. Ja, ja, ausserordent-
lich! Izt haben wir Abentheuer über Abentheuer zu erwarten! O das wird göttlich
seyn, ich habe so viel in den Romanen davon gelesen!

Bar. Schildberg. Aber wir haben keinen Wagen!

Fräul. Lotchen. Was weiter? Haben
wir keinen Wagen, so gehen wir zu Fuße.

Watsdorf. Ah! das geht nicht! die
Offiziers würden uns bald bei der Rockfalte
erwischen, und dann sähe es übel aus!

Fräul. Beate. Gehen wir lieber nach
Hause!

Fräul. Lotchen. Nach Hause? Ich
nicht! Und sollte ich tausend Meilen weit
zu Fuße gehen!

Bar.

Bar. Schildberg. Aber es bleibt uns ohne Wagen doch kein anderes Mittel, als nach Hause zu eilen, und Morgen bessere Anstalten zu treffen!

Fräul. Lotchen. Nein, nein, daraus wird nichts! Ich bleibe einmal hier! Macht izt, was ihr wollt, treft Anstalten so gut ihr könnt, aber entführt muß ich heute noch werden.

Watsdorf. Gnädiges Fräulein, ihr Wort in Ehren, aber ohne Wagen gehts nicht!

Fräul. Beate. Ja, ja! Gehen wir lieber zur Mama nach Hause!

Fräul. Lotchen. Pst! Stille! ich höre einen Wagen!

Bar. Schildberg. Richtig! sicher der Unsrige!

Watsdorf. Nun, wenn der Wagen kommt, so gehe ich doch mit!

Bar. Schildberg. Richtig! Er hält! Allons! Allons!

(Laufen alle gegen den Eingang.)

Neun-

Neunter Auftritt.

Vorige. Die Gräfinn. Baroninn. General.
Major. Michel.

(Die Vorigen prellen bei ihrem Anblik zurück.

Bar. Schildberg. Wir sind verrathen, verlohren!

Fräul. Lotchen. O weh, wie wirds
uns gehen!

Fräul. Beate. Gott im Himmel
die Mama!

Watsdorf. Oh weh! Da setzts
sicher ein Duell.

> Zugleich.

General. Ah, da sind ja die Vögel!
Der Geier, der mir mein Täubchen rauben
will! Nur her damit (entreißt Fräul. Lotchen
dem Baron) Ah nun habe ich sie wieder!
Nun soll sie mir nicht entkommen! Ah nun
ist mir wieder wohl!

Bar. Schildberg. Herr General, ich
bin ein Kavalier! Ich —— Ich! ——

General. Ein Mädchenräuber sind sie!
Schämen sie sich!

Bar. Schildberg. Parbleu! (schlägt mit
der Hand an den Degen.)

Watsdorf. Itzt gehts los! Itzt retirire
ich mich! (läuft herum, und klettert endlich auf
einen Baum.)

General. Nur weiter, weiter! Ich bin bereit! Mit ihnen werde ich schon fertig!

Major. (tritt dazwischen) Friede!

Bar. Schildberg. Aber, ich — ich —

Major. (ernsthaft, und die Hand an den Degen legend) Ich sage: Friede! Ruhig! Wo man Unrecht hat, muß man nicht pochen!

Fräul. Beate. (weinend zur Baroninn laufend) O meine liebe Mama!

Baroninn. Weg von mir, du ungehorsame Tochter! Du gottloses Kind!

Gräfinn. Ich kann mich noch nicht von meinem Erstaunen erholen; ich bin außer mir. Solche Schande! Wer hätte das von den Landnimphen denken sollen! Ich bin nur froh! daß wir sie hier angetroffen haben! Izt übergebe ich sie dir, Schwägerinn, mach mit ihnen, was du willst! Verheurathe sie! Sperr sie in ein Kloster! Mach, was du willst! Ich bekümmere mich um nichts mehr. — Das habe ich euch nur in der Kürze sagen wollen. Herr Major, führen sie mich nach Hause!

General. Nein, Euer Exzellenz, so gehts nicht! Sie müssen mir beistehen, sie müssen mir helfen! Fräulein Lotchen muß mein werden, oder ich stürme die ganze Welt!

Gräfinn. Herr General, ich kann ihnen nicht helfen; da machen sies mit der Mutter aus, ich bekümmere mich nun nichts mehr.

Baroninn. Schwägerinn, ich bitte dich um Gottes willen, sei nur nicht böse! Es kann ja alles noch gut werden. Herr General sie sollen meine Tochter haben!

Fräul. Lotchen. Und wenn ich mich aus der Hölle retten könnte, so nehme ich sie doch nicht! Ich liebe nur meinen Karl; Ihn will ich, sonst keinen! Man kann mich martern, quälen, aber doch nicht zwingen.

Baroninn. Ach, ich will dich schon gehorsam machen! Ich sag dirs zum letztenmale! Du mußt, du du —— (betrachtet auf einmal ihr Kleid) Nun da haben wirs! Ach Mädchen, du wirst deine Mutter noch unter die Erde bringen! Will verreisen, und zieht ihr bestes, ihr neues Kleid an; das ihr erst die Tante hat machen lassen! Stell dir

nur

nur vor, Schwägerinn, sie hätt's ja ganz ruinirt!

General. Je, was liegt denn an dem elenden Kleide, ich kaufe ihr hundert andere, wenn sie nur einwilligt!

Major. Herr General, soll ich ihnen als Freund rathen! Geben sie ihre Absichten auf das Fräulein auf!

General. Aufgeben? Sie haben gut reden! (Kleine Pause) Aber recht haben sie doch! Sie ist, so alt ich bin, meiner nicht werth, hat mich schändlich betrogen, hat meinen Garten zu ihrem Rendez vous bestimmt! Sie haben recht, Major, ich will, ich mag sie nicht. Aber man hat mich hungrig gemacht, und ist soll ich mit leerem Magen abziehen, das geht nicht! Da die Kleine, Unschuldige muß mein werden! (zu Fräul. Beate) Ja, Engel, ja! Kind! Du sollst herrliche Tage bei mir haben!

Fräul. Beate. O beste Mama! Ich bitte sie um Gottes willen, erbarmen sie sich meiner! Ich kann nicht, ich kann nicht!

Major. Sie sehen, Freund, es geht hier eben so wenig!

Ge=

General. Das seh ich! das seh ich!
Aber ich will dem Spiele bald ein Ende
machen. Eine Frau muß ich einmal haben.
Das Heurathen ist mir einmal in Kopf gefah-
ren, und ich kann es nicht herausbringen.
Wo ich gehe, wo ich stehe, wo ich sitz und
schlafe, da steht eine Frau vor mir. Ist
geh ich fort; — Haus vor Haus frag ich
an: Ob mich alten Kerl mit dreißig tausend
Gulden Revenüen keine heurathen will, und
nimmt mich keine Junge, so nehm ich eine
Alte, und nimmt mich auch die nicht, so
schieß ich mir eine Kugel vorn Kopf!
(will ab.)

Baroninn. Um Gottes willen bleiben
sie doch! Man kann ia vielleicht noch ein
Mittel ausfindig machen! Wenn ich nur
wüßte! — Schwägerinn, rathe mir doch!
Er hat dreißig tausend Gulden Revenüen,
die kann man ia doch nicht aus der Familie lassen! — — Herr General, wenn
sie, wie sie sich auszudrücken beliebten, nicht
so stark aufs Alter sehen, ich könnte, ich
würde vielleicht — —

General. Machen sies kurz! Können
sie mir helfen, — wohl und gut! Ich will
eine Frau, wissen sie eine, so nennen
sie

sie solche, wo nicht, so halten sie mich
nicht auf!

Baroninn. Je nun — Ich fühls
ordentlich, wie ich roth werde! Wenn ich
ihnen — — Ich bin doch eben auch nicht
so alt, und ein guter Heurathsbrief, ein
hübsches Freieignes könnte mich leicht be-
wegen — —

Gräfinn. Um Gottes willen, Schwägerinn, du wirst dich doch nicht lächerlich
machen!

Baroninn. Ja was! Wenn er nun
eine Alte haben will, so ists ja besser, ich
nehme es mit! — — So eine reiche Parthie findet sich nicht alle Tage! Herr General, ich — ich! — — Fragen sie mich
nur: Ob sie mir gefallen? Dann will ich
ihnen schon antworten!

General. Sie wollten, gnädige Frau,
sie wollten! Ah das gienge wohl nicht!
Da fiel meine ganze Idee von vollen runden
Backen, Grübchen in Wangen et cetera rein
weg! — Aber wie soll ich auch fordern,
was ich selbst nicht mitbringe — — Hohl
mich der Teufel, eh ich lang herum su-
che — — Va gnädige Frau! Da ist
meine Hand! Wollen sie mich in meinem
Al-

Alter warten und pflegen! Wollen sie? —
— So schlagen sie ein!

Baroninn. (ihm die Hand gebend) Da
ist sie! — — Aber einen guten Heurathsbrief! — —

General. Den sollen sie haben! Gute
Tage will ich ihnen noch machen, und das
alles den kleinen Starrköpfen zum Trotz —
— Freilich! freilich! Aber es bleibt dabei! — —

Baroninn. Ich kann mich gar nicht
in meinen Zustand schicken, er kommt mir
so unvermuthet! — Wenn ich nur wüßte,
was ich mit meinen Töchtern anfienge! Eine
junge Frau, und so große Kinder im Hause!
Das geht nicht! das geht nicht!

Major. Freilich nicht!

Gräfinn. Wenn du meinem Rath folgen willst, morgen wird die Sache schon
überall bekannt seyn! Mein Sistem ist zer-
rissen, ich mag nichts mehr damit zu thun
haben! Willige lieber ein; so haben wir
doch nicht Schande und Spott zu erwarten!

Baroninn. Je nun meintwegen! Wenn
du's zufrieden bist! Aber bei Lebzeiten geb
ich von dem Meinigen nichts her — — —

Fräul.

(Fräul. Lotchen, Beate und der Baron laufen
freudig zur Baroninn, und küssen ihr die
Hände.)

Fräul. Lotchen. O ich weiß mich für
Freude nicht zu fassen!

Bar. Schildberg. Ich bin unvermö‐
gend zu danken!

General. Nun bei mir müßt ihr euch
auch bedanken! Ich bin der Schwiegerpapa;
Ich habe auch drein zu reden!

Fräul. Lotchen. (küßt ihm die Hand)
Ich danke tausendmal!

General. (sie haltend). Du kleine Lose!
Freilich mit dir! mit dir! (die Baroninn und
sie ansehend) Ist doch ein gewaltiger Unter‐
schied! (zum Major) Hab mich doch vielleicht
übereilt?

Major. De gustibus non est dispu‐
tandum!

General. Je nun, vorbei ist vorbei!
Und alles wohl überlegt, ists recht gesche‐
hen! Eine Junge hätte mich alten Mann
unmöglich lieben können! Da würden sich
bald junge Stutzer ins Haus geschlichen,
da würde dem General die Stirne gejuckt
haben; und dies hab ich wenigstens izt nicht
zu erwarten!

Ba‐

Baroninn. Gewiß nicht! Für unverletzte Treue stehe ich ganz!

Major. Glaubs herzlich gerne!

Fräul. Beate. (läuft ängstlich herum) Ach wenn nur mein Watsdorf da wäre! Wie würde er sich freuen!

Gräfinn. Wo hast du denn deinen Landjunker?

Fräul. Beate. Ich weiß nicht! Er ist vorhin fortgelaufen!

Watsdorf. (vom Baume springend) Da bin ich! da bin ich!

Fräul. Beate. Ach bester Watsdorf, wir dürfen einander heurathen!

Watsdorf. (zur Gräfinn) Votre Excellence! Je vous rend graces, et — et — et — —

Gräfinn. Um Gottes willen nicht französisch! Sie verderben mir meinen ganzen Humor!

(Eine Pause. Alle Liebende sind untereinander beschäftigt. Der Major ergreift der Gräfinn Hand, sieht ihr liebevoll ins Gesicht, die Gräfinn dreht sich schnell um.)

Gräfinn. Wenn wir keinen Rheumatismen erhalten wollen, so gehen wir! (reicht dem Major ihren Arm.)

Ge-

General. Ja gehen wir! Aber Paar und Paar! Die Alten voraus! (küßt die Baroninn.)

Baroninn. (verschämt) Wie mir das so ungewöhnlich vorkommt!

General. Wie mirs so schnakisch an= steht! Ah lustig, eine Frau hab ich! und bekomm ich auch keine Kinder, so hab ich doch Enkel zu erwarten!

Michel. (zum General) Herr Kamerad, wie stehts denn mit mir?

General. Sollst mein Reitknecht seyn!

Michel. Vivat der Herr General!

(Alle gehen fort, der Major hält die Gräfinn mit Fleiß zurück.)

Gräfinn. (ihn zerrend) Nun, wir kom= men ja gar nicht vom Flecke!

Major. (ihr zu Füßen sinkend) Julie!

Gräfinn. Was giebts denn schon wieder?

Major. Alles wird heute fröhlich schlafen! Soll ich der Einzige seyn, der die Nacht schlaflos durchwacht?

Gräfinn. (ihre Hände auf seine Schultern legend) Sie sollen ruhig schlafen! So viel Liebe verdient Belohnung! Ich bin die Ihrige!